RYU NOVELS

大東亜大戦記

帝国勝利への道

羅門祐人　中岡潤一郎

【目次】

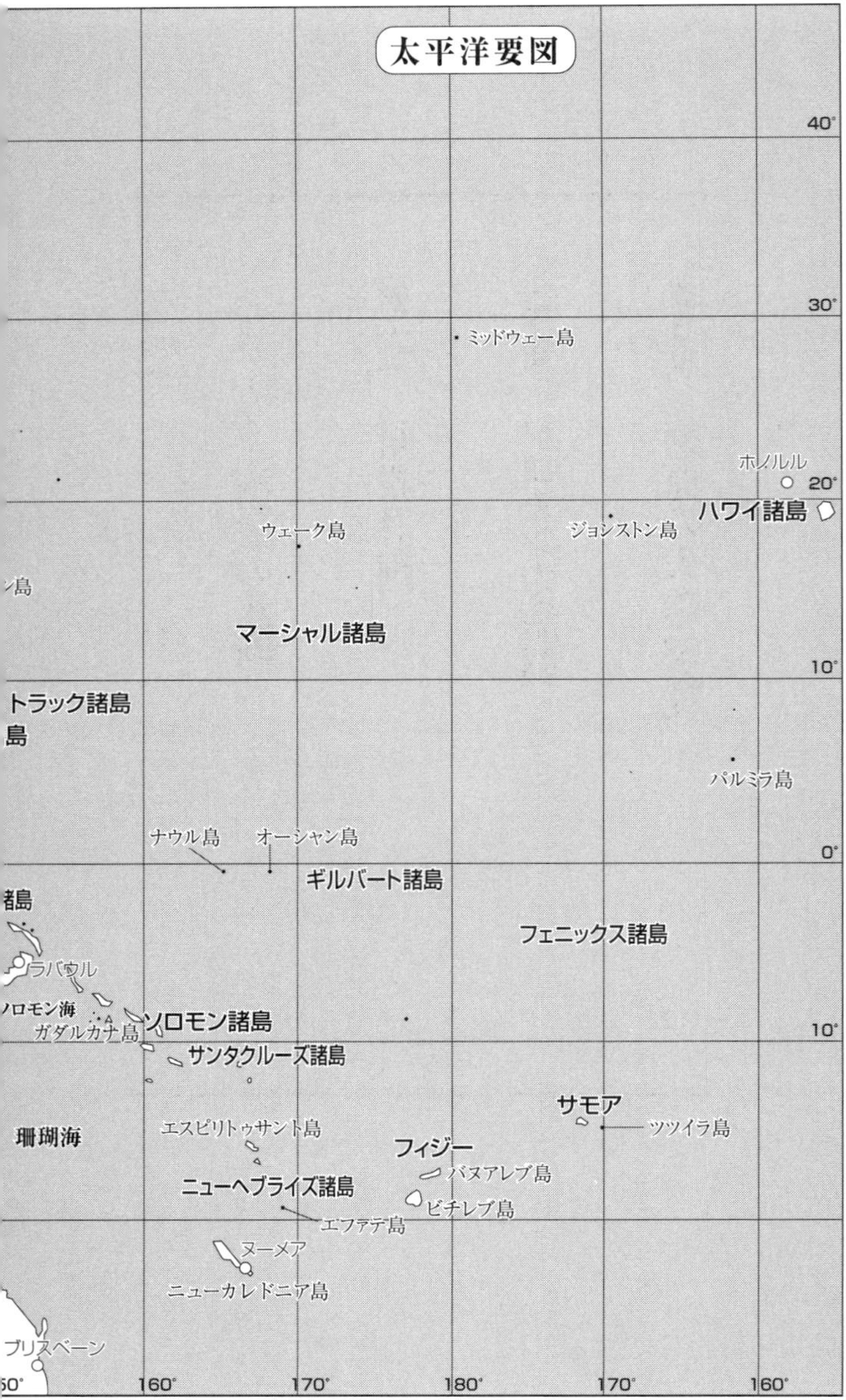

太平洋要図
40°
30°
ミッドウェー島
ホノルル
20°
ハワイ諸島
ウェーク島
ジョンストン島
マーシャル諸島
10°
トラック諸島
パルミラ島
ナウル島
オーシャン島
0°
ギルバート諸島
フェニックス諸島
ラバウル
ソロモン諸島
ガダルカナ島
10°
サンタクルーズ諸島
サモア
ツツイラ島
珊瑚海
エスピリトゥサント島
フィジー
バヌアレブ島
ニューヘブライズ諸島
ビチレブ島
エファテ島
ヌーメア
ニューカレドニア島
ブリスベーン
160°
170°
180°
170°
160°

中　国
ビルマ
台湾
香港
高雄
海南島
ルソン島
マニラ
南シナ海
タイ
仏印
ミンドロ島
フィリピン
ミンダナオ島
マリアナ諸
グアム島
カロリ
マレー半島
クチン
シンガポール
ボルネオ島
スマトラ島
パレンバン
蘭　印
スラバヤ
ジャワ島
ビスマ
ニューギニア島
ポートモレスビー
タウンズビル
オーストラリア
100°
110°
120°
130°
140°

プロローグ　南雲の決断

1

昭和一七年六月五日
ミッドウェー島北西一八〇カイリ

「敵急降下！　左八〇！　機数三！」

見張員の絶叫を聞いて、機動部隊司令長官南雲《なぐも》忠一《ちゅういち》が顔をあげた。

艦爆が一列に並んで高度を落としてくる。

対空砲火はなく、直掩隊もいない。

行く手を遮《さえぎ》られることなく、敵機が艦隊上空に飛び込んでくる。

「加賀《かが》が！」

源田《げんだ》航空参謀は、左舷を進む空母を見ていた。

「かわしてくれ！」

悲痛な声があがった瞬間、米艦爆は爆弾を投下した。一発目、二発目は海面を叩き、水柱があがる。

うまいと南雲が思った瞬間、空母の後部甲板で大爆発が起きた。

紅蓮《ぐれん》の炎が吹き出し、船体を嘗《な》める。

「つづいて急降下三！　またも加賀」

「回避だ。逃げろ！」

南雲の思いは呆気なく裏切られ、艦爆の放った爆弾はすべて加賀の船体に吸い込まれた。

大爆発が起き、艦橋が砕け散る。

残ったのは黒く焼かれた骨組みだけで、青い空と異様なほどの対照をなしていた。

船体を焼かれながら、加賀は左に大きく転進していく。

「蒼龍《そうりゅう》にも急降下！」

　左舷前方の空母にも爆弾が投下される。

　水柱があがり、船体が隠れる。

「蒼龍に至近弾！　命中弾はなし」

「うまいぞ。よくぞかわした」

　南雲の言葉に、参謀長の草鹿《くさか》龍之介《りゅうのすけ》が応じた。

「柳本《やなぎもと》は、敵の接近に気づいていたのかもしれません。事前に回避運動に入っていたように見受けられます」

　草鹿の表情はこわばっており、目も吊りあがっていた。動揺を抑えることができないようだ。

「助かりました。これで蒼龍も損傷したら、致命的な事態に陥りました」

「そうだな。さすがは柳本だ」

　蒼龍艦長柳本柳作《りゅうさく》大佐は、操艦の達人として知られている。

　まったく敵に気づいていないのならばともかく、ある程度の情報があれば、攻撃回避は十分に間に合うだろう。

　南雲が見つめるなか、基準排水量一万五九〇〇トンの空母は大きく左に転進して、米艦爆の攻撃をかわしていく。

「それにしても、米軍がこれほどの機体を投入してくるとは。驚きです。空母三隻で全力攻撃をかけているのかもしれません」

「艦隊が出てくるだけでも計算外だったのに、まさか、これほどとはな」

　にわかに信じることができないが、現実に機動部隊は米艦載機の攻撃を受けている。

　事実は事実として認めなければ、対策を練るのはむずかしい。

　昭和一七年六月五日、南雲率いる機動部隊は西太平洋の要衝、ミッドウェー島に空襲攻撃をかけていた。ミッドウェー攻略作戦、いわゆるＭＩ作戦の一環である。

ＭＩ作戦は、連合艦隊が太平洋での優位を確保するべく、艦艇のほとんどを投入した一大作戦で、成功すれば米艦隊を牽制して内地への攻撃を防ぐだけでなく、態勢を整えて再度のハワイ攻撃も可能となるはずだった。

連合艦隊司令長官である山本五十六《やまもといそろく》の悲願であり、連合艦隊司令部は大本営海軍部を半ば脅すような形で実施にこぎつけた。

南雲機動部隊には先鋒としての役目が与えられ、主力部隊に先んじて日付変更線を突破、六月五日の〇四三〇、一〇九機の戦爆混合編隊を放った。

第一次攻撃は成功し、作戦は順調に進んでいた。

しかし、〇七二八、索敵の利根四号機から情報が入った時、状況は一変した。

索敵機が発見したのはアメリカ空母で、その位置から見て、機動部隊の迎撃に動いていた。

思わぬ情報に司令部は動揺した。

ＭＩ作戦をはじめるにあたって、機動部隊は米艦隊が出てこないという前提で行動していた。

過去の海戦で、米太平洋艦隊は多くの艦艇を沈められており、状況を考慮すれば、艦隊は次の戦いに備えて温存するのが妥当だった。

前線への投入はありえず、司令部は米艦隊の存在をいっさい考慮せず、作戦を立案した。

ところが現実には、艦隊、しかも空母が姿を見せ、機動部隊を迎え撃つべく西に進路を取っている。

同じ頃、攻撃隊長の友永丈市《ともながじょういち》大尉から、ミッドウェーへの攻撃は不十分で再攻撃の必要ありという電文が届いており、こちらにも対処が必要だった。

相反する状況が進行するなか、〇八三〇、南雲は重大な決断を下した。

果たして、それは正しかったのか……。

「急降下接近、右一〇！　機数二！」

一瞬の思索を見張員の報告が破った。

またもや敵機だ。

「面舵一杯！」

赤城《あかぎ》艦長青木泰二郎《あおきたいじろう》大佐の命令に、全長二六〇メートルの船体が回頭をはじめた。

「かわせるか……」

源田の顔が歪《ゆが》んだ瞬間、米艦爆は爆弾を投下した。たてつづけに爆発が起きる。

一つは右舷、二つは左舷だ。

水柱があがり、沸騰した海水が飛行甲板を叩く。発艦寸前だった零戦が海に落ちる。

「両舷に至近弾！」

「被害状況、知らせ！」

たちどころに機関室から報告があがる。缶室の一部が浸水したようだ。ほかからも報告が入るが、思ったよりも被害は小さい。

「助かりました。もう少し反応が遅れていたら、甲板がつらぬかれていたかもしれません」

草鹿の顔は青ざめていた。

「一発でも爆弾を食らっていたら、発艦も着艦も不可能になるところでした」

「うかつだった。雷撃機に目が向いていたとはいえ、急降下に対してはあまりも無警戒だった。回避が間に合ったのは幸運だった」

「こうなると、先刻、第二次攻撃隊を繰りだしたのは正解でしたな。爆弾や魚雷がごろごろしているところに一撃を食らったら、どうなっていたか」

「とんでもない被害が出ていただろうな」

〇八三〇、南雲は敵艦隊に空母が加わっていることを知り、即座に攻撃隊の出撃を命じた。

陸用爆弾に兵装転換した機体もあったが、あえてそのままで送り出した。

なぜ、そのような決断を下したのか、南雲自身よくわからない。

敵空母を仕留めるのであれば、艦艇用の爆弾に切り替え、直掩用の戦闘機をそろえてから出撃させるべきだ。陸用爆弾では撃沈どころか、戦闘不能に追い込むのもむずかしい。至近弾による打撃も期待できない。

源田航空参謀はそのように主張したし、草鹿参謀長も源田の考えを支持した。

だが、南雲はその時、無理をしてでも攻撃隊を放つべきと判断し、肌で感じた戦闘の流れに従って命令を下した。

航空戦に無知であることは承知の上だ。

彼の命令に従って第二次攻撃隊が出撃したのは、米攻撃隊が姿を見せる五分前だった。

ぎりぎりで発艦が間に合ったので、最悪の事態は避けることができた。

南雲が艦橋で顔をあげるのと、見張員の声が響くのは同時だった。

「急降下！　正面！」

米艦爆が旋回を終え、降下に入る。

赤城が右に大きく舵を切って、回避行動に入る。

蒼龍も爆撃を浴び、水柱につつまれる。

米軍の攻撃は熾烈になる一方だった。

2

六月五日　ミッドウェー島北東二〇〇カイリ

「敵空母です。一〇時の方向！」

「おう！」

後席からの報告に、江草隆繁《えくさたかしげ》少佐は操縦桿を倒した。眼下の海域では、味方の艦爆隊が米艦隊を激しく攻撃していた。

米空母は右に転進しながら対空砲火を放つ。曳光弾《えいこうだん》がきらめき、上空に煙の輪が生じる。

それをかいくぐるようにして、左から二機の艦爆が空母に向けて突撃する。

絶妙の頃合いで、軸線はほぼあっている。

一瞬の後、爆弾が落とされ、空母の左舷で水柱があがった。

「至近弾です。もう少しでしたな」

「ああ。よく攻めている」

江草は上空から改めて状況を確認した。

「あれは、ヨークタウン級だな。やはり、ここだったか」

「はい。利根《とね》の四号機が電波を輻射《ふくしゃ》してくれて助かりました。報告の海域とは、まるで違っていましたから。下手をすれば、空振りに終わるところでしたよ」

後席の石井樹《いしいたつき》飛曹長が弾むような声で応じた。

空母を目の前にして興奮している。

江草も同じで、自然と血がたぎる。

彼の率いる第二次攻撃隊の第三集団は南雲の命令を受け、〇八三〇、空母蒼龍を離艦した。

目標は、米空母部隊。

真珠湾や珊瑚海で取り逃がした大物だ。

第三集団は、三二機のうち一六機は陸用爆弾への転換を終了していたが、あえてそのままの出撃となった。

途中、筑摩《ちくま》の四号機と接触、その誘導を受けて敵空母上空にたどり着いたのは一五分前だ。

信号弾が輝くと、艦攻、艦爆は入り乱れての攻撃を開始した。

すでに戦果はあがっている。

「左前方、敵空母で爆発！」

石井の声に顔を向けると、黒い煙が雲の切れ間から伸びてきた。

空母が燃えている。

炎が飛行甲板中部から吹きだし、風に乗って艦尾にまで伸びている。小さな爆発が起きるたびに黒い煙が大量に吹きだし、艦尾方向に流れていく。

機関にまで被害が及んでいるらしく、空母の速度は明らかに落ちていた。

「うまくやったな」

燃えさかる空母を見て、江草は四月のセイロン沖海戦を思い出した。

あの時、味方の艦爆隊は絶妙の間合いで英艦隊を攻撃、たった三〇分で敵艦を仕留めた。

爆弾は面白いように当たり、船体にどの程度の打撃を与えているのかはっきりとわかった。

今回も被害の大きさが手に取るようにわかる。

この直撃と先刻までの至近弾で、空母の機関は壊滅的な打撃を受けており、回復までには相当の時間がかかる。

あの空母は当面、回避行動が困難になるだろう。ならば……。

「もう一隻の空母をねらうぞ」

江草は小さく右に旋回し、敵空母の後方にまわり込んだ。

現在、ミッドウェー周辺には三隻の米空母が展開中で、そのうちの二隻がこの戦闘海域にとどまっている。

もう一隻は、北方を西に向かって航行中だ。

ここで傷ついた空母に攻撃を集めれば、確実に仕留めることはできるが、その一方で、無事な空母を逃がしてしまうかもしれない。

一隻でも太平洋に空母がいるとなにかと厄介だ。

太平洋の安全を守るためにも、目の前の戦果ではなく、全体を考えて行動するべきだ。

江草は、被害を受けていない空母に軸線をあわせると、操縦桿を押した。

九九式艦爆は見えない糸に引かれて突進する。周囲を対空砲火がつつみ、機体が揺れる。

軸線をずらすつもりだろうが、それは江草の計算にあった。

彼の機体は陸用爆弾を装備しており、飛行甲板をつらぬいても、たいして打撃を与えることはできない。ならば、急所を一撃でつらぬく。空母の弱点ははっきりしているから、そこを突けばいい。

江草は操縦桿を動かし、進路を修正する。

どうすれば、思ったところに機体を向けることができるか、身体で知っている。

高度四〇〇。空母が眼前に迫る。

射爆照準眼鏡に船体が収まった時、江草は爆弾を投下した。

「よし！」

石井の声は力強い。あの角度で突入すればどうなるか、よくわかっている。

江草は海面すれすれで機体を引き起こすと、右に大きく旋回した。

直後、大きな爆発が起こり、ヨークタウン級から炎があがった。燃えているのは艦橋で、上半分は消滅していた。

彼が見ている間にも小さな爆発が起き、破片が飛び散る。鉄の塊は飛行甲板に崩れ落ち、駐機中だった戦闘機を焼いていく。煙が飛行甲板の風に吹かれて、広い甲板に広がる。

「やったぞ。成功だ」

陸用爆弾でも、防御の薄い艦橋なら一撃で粉砕できる。そう判断して、江草は一点への攻撃にすべてを賭けた。

ねらったとおりで、ヨークタウン級の頭脳は一撃で消え去った。あとは徹底的に叩くだけだ。

「第二小隊が行きます」

上方を見ると、灰色の艦爆が降下をかけるところだった。三機が縦に並んで空母に迫る。対空砲火は薄く、艦爆の勢いを止めることはできない。

部下の頼もしい動きを見て、江草は自然と笑みを浮かべていた。

3

六月五日～六日　ミッドウェー沖

日本時間の六月五日からはじまった海戦、いわゆるミッドウェー沖海戦は、南雲司令長官の決断で流れが変わった。

敵空母の来襲を受けて、あえて兵装を変えることなく、そのまま出撃することを命じたためだ。

それは南雲独自の判断であり、そこに草鹿参謀長や源田航空参謀の意見は入っていなかった。

その時の南雲は、配下の空母から兵装転換が中途半端で、多くの機体が魚雷や艦艇用の爆弾を搭載したままという報告を受けていた。

めまぐるしく兵装転換を命じたため、陸用爆弾への転換がうまくいっていなかったのだが、今回はそれが幸いした。

ほかにも通信機の直った二三試艦上爆撃機が敵空母に接触しており、敵空母の位置はおおむね把握できていた。

だからこそ、南雲はあえて勝負に出た。

彼の命令に従い、赤城、加賀、蒼龍、飛龍《ひりゅう》は艦載機を飛行甲板にあげ、米空母に向けて放った。

敵が姿を見せたのはその五分後で、間一髪の差で機動部隊は第二次攻撃隊の発艦に成功したと言える。

米艦載機は機動部隊を発見すると、断続的に攻撃をかけてきた。しばらくはかわしていたが、三二機のドーントレスが直掩をかわして仕掛けてくると、機動部隊は追い込まれた。

そして一〇二三、ついに加賀が被弾した。命中したのは爆弾三発で、そのうちの一発は艦橋前部に待機していた燃料車を直撃した。

大爆破が起きて艦橋は打ち砕かれ、岡田次作《おかだじさく》艦長以下、副長、航海長、主計長といった幹部が一挙に戦死した。

加賀は操舵不能に陥り、海を漂う浮遊物と化す。

つづいて米艦爆は蒼龍、赤城を襲う。

蒼龍は三機の同時攻撃を受けたが、至近弾による最小限の損害のみで済んだ。

艦長の柳本柳作大佐は、一三試艦上爆撃機の報告を受信しており、対空警戒を厳にするように命じていた。それが、ぎりぎりのところで生かされたと言える。

赤城もきわどいところで攻撃を回避した。

蒼龍の回避を見て、見張員が直上に迫る艦爆を発見し、早めの転進をおこなったのが幸いした。

米艦隊の攻撃は激しかったものの、残り三隻の空母はこの時の攻撃をかわし、ミッドウェー近海に踏みとどまった。

それが戦いの潮目を変えた。

機動部隊が攻撃を受けてから四〇分後、ついに第二次攻撃隊はアメリカ空母部隊を発見し、攻撃に入った。

彼らが捕捉したのは、レイモンド・A・スプルーアンス少将が率いる第一六任務部隊《TF16》だ。対空砲火を恐れることなく、攻撃隊はTF16に仕掛けた。

TF16は圧力をかわしきれず、一〇一二、ついにホーネットが被弾した。村田重治《むらたしげはる》少佐の九七式艦攻が雷撃、缶室に打撃を与えた。

つづいて、千早猛彦《ちはやたけひこ》大尉の九九式艦爆が急降下で攻撃、格納庫を薙《な》ぎはらった。爆発は駐機中の機体を薙ぎはらい、燃料や弾薬の誘爆を誘った。たちまちホーネットは炎につつまれた。

被害は甚大で、放置しておけば早晩、艦隊から離脱することは明らかだった。

報告を受けたスプルーアンスは、対空砲火を厳にしつつ、味方駆逐艦に消火作業の支援をおこなうように命じた。

それは正しい判断であったが、将兵は動揺しており、命令が実行されるまでに時間を要した。

その隙をついて、江草少佐麾下《きか》の蒼龍攻撃隊が襲いかかった。

江草たちは、最初のミッドウェー島爆撃に参加しておらず、もし蒼龍がダメージを受けるようなことになれば、一度も出撃しないまま退場するところだった。

そういう意味で、今回の攻撃は最大のチャンスであり、搭乗員はいきりたっていた。

最初に突っ込んだのは江草少佐だ。

正確な爆撃で、エンタープライズの艦橋は打ち砕かれ、司令長官のスプルーアンスのみならず、参謀長のマイケル・ブローニング大佐を含めた六人の参謀が戦死、TF16の司令部は全滅した。

艦長のジョージ・D・ミュレー大佐も戦死し、エンタープライズは戦闘不能に陥った。

それを見て、後続の艦爆隊がいっせいに襲いかかり、三分の間に四発の爆弾を叩き込んだ。

エンタープライズは炎につつまれ、その動きは完全に止まった。

二隻の空母が戦闘不能という事態に、もう一つの機動部隊、第一七任務部隊《TF17》を指揮していたフランク・J・フレッチャー少将は動揺した。

支援に向かうか、それとも一時避退して空母を守るか決断しかねたのである。

それが、ＴＦ17に破局をもたらす。

一二〇三、ヨークタウンは友永丈市大尉麾下の第三次攻撃隊に発見され、集中攻撃を浴びた。

魚雷二発と爆弾二発を浴びて空母は炎上した。懸命に北へ退避するが、行き足がつかず、どうにもならない。速度は五ノットまで落ち、戦闘海域からの離脱すら困難だった。

とどめを刺したのは、伊一九号潜水艦だ。

二二三二、燃えさかるヨークタウンを発見、夜陰に紛れて接近し、四発の魚雷を放った。

そのすべてが命中し、船体は大きく右に傾いた。

総員退艦が命じられてから一時間後の二三四九、ヨークタウンはミッドウェーの南西海域で、その生涯を終えた。

そして翌六日、残った二隻の空母も後を追う。

エンタープライズとホーネットは、機動部隊の再攻撃を受けて沈没した。

とりわけホーネットは、四〇機の戦爆混合編隊に一方的に攻撃を受けるという、なぶり殺しに近い状態で最期を迎えることとなった。

米軍の待ち伏せを受けたにもかかわらず、ミッドウェー海戦は日本海軍の完勝で終わった。

加賀を失い、米空母部隊の必死の反撃で飛龍が損傷する事態となったが、それでも機動部隊は三隻の空母をすべて撃沈した。

真珠湾攻撃に匹敵する大戦果をあげたわけで、南雲と連合艦隊を指揮した山本五十六は英雄として祭りあげられた。

戦史に残る大勝で、戦局は日本側に大きく有利となったが、実のところ、それこそが新たなる混乱の発端となる。

事態が思わぬ方向に動くのは、連合艦隊が内地に帰還した後の昭和一七年七月だった。

第1章　暗殺計画

1

七月一九日　軍人会館

大本営陸軍部参謀、高瀬啓治《たかせけいじ》中佐は指定されたた部屋に入ると、一礼して自分の席に向かった。

腰を下ろすと、それを待っていたかのように上座から重々しい声が響いた。

「遅かったな。何かあったのか」

教育総監の山田乙三《やまだおとぞう》大将だ。

陸軍大臣、参謀総長と並ぶ地位にあり、威厳は他を圧している。暗い室内にあっても、その軍服はどこか輝いて見えるようだ。

高瀬は、思わず背筋を伸ばして応じた。

「大本営に寄ったところ、海軍部の参謀に議論をふっかけられまして。例の豪州作戦に関してです。なんとか兵を出せないかと、さんざんに言われました」

海軍にしてみれば、敵空母のない今が好機と見ているようで、ひどく食い下がってきました」

「馬鹿なことを。豪州攻略などできるわけがない」

吠えたのは、陸軍部第一部長の田中新一《たなかしんいち》少将だ。陸軍の作戦を束ねる立場におり、積極策を主張することで知られる。

今日もいつもと同じく、声高に自らの意見を語りはじめた。

「豪北を押さえるだけでも、八個師団と二〇〇万トンの物資が必要で、現状の輸送力でそれだけの兵を動かすことは絶対にできん。

　ソ連がいつ動くかわからんこの時期に、南方にこれ以上、兵をまわすことなどできるか」

「まったく、海軍は図に乗っておりますな。腹立たしいかぎりです」

　田中の正面に座っていた男が応じる。陸軍省人事局長の富永恭次《とみながきょうじ》少将だ。

　長く参謀本部の要職を勤めあげたが、北部仏印進出時に問題を起こして停職処分を受けた。中央に復帰したのは昨年のことだ。

「ミッドウェーで勝ってから、海軍は言いたい放題だ。ハワイを取るだの、豪州を取るだの。できもしない作戦を提案しては、我らをさんざんに罵《のの》る。いい加減にしてほしいものです」

「まったくだ。これでは、なんのために今後、採るべき戦争指導の大綱を決めたのかわからん」

　田中がテーブルを叩いた。

　誰も制止しないのは、全員が同じ気持ちを有しているからだろう。

「そのあたりを話しあうため、今日、ここに集まってもらった。当然、他言無用。たとえ上官が相手でも内容を洩らすことは許されん」

　山田の声が重く響いた。

　今日、軍人会館の一室に集まったのは、陸軍軍人一五名。いずれも海軍のやり方に不満を持つ者だ。

　ミッドウェー海戦で勝利した後、海軍は陸軍の方針にやたらと口をはさみ、たびたび作戦変更を求めるようになった。

　それは南方のみならず、中国やビルマ戦線にも及び、部隊の動きを細かく知らせるように求めることもあった。

　高瀬も作戦課兵站《へいたん》班長として、何度となく海軍部参謀から議論を挑まれ、辟易《へきえき》しながらも応じてきた。

海軍の要求はあまりにも激しく、陸軍部としては容易に受けいれることはできなかった。

たちまち不満はふくれあがり、陸軍部や陸軍省の幹部たちが海軍に対抗すべく、自主的に集まるようになった。今回の会合もその一つで、過去にも何度か同じ仲間で会って、今後の方針について語り合っている。

これまでの議論で、高瀬たちは通常の方法では海軍部の意志を変えることはできないと判断していた。

陸軍の主張をつらぬくためには非常の手段を用いるしかない。かなり過激で、場合によっては陸海軍を揺るがす大騒動が起きるかもしれないが、そのようなことは言っていられなかった。

現状は危機的なのだから。


高瀬が見ている前で、山田が話を切り出した。

「では作戦部長、改めて海軍の方針について確認したい。奴らは、本当にハワイか豪州をねらうつもりなのか」

「大本営の会議で、何度となくその話題を持ち出しています。せんだっては大本営政府連絡会議でも、話をしたほどです。聞いたところによると、お上にもすでに話をしているとか」

「そこまで話を進めているのか」

「要するに、海軍は図に乗っているということです。ミッドウェーでの大勝がありましたから」

田中の顔は真っ赤だった。

六月のミッドウェー海戦で、海軍の空母部隊は味方空母一隻を失いながらも、米空母三隻を撃破する大戦果をあげた。

米艦隊が退却すると、連合艦隊は主力のみならず、アリューシャンの部隊も呼び集めて態勢を整え、ミッドウェー島攻略作戦を開始した。

上陸作戦がはじまったのは六月一五日、米軍降伏は一八日だった。

戦史に残る圧勝で、連合艦隊は東太平洋に楔《くさび》を打ちこんだ。

「立役者の機動部隊は英雄として迎えられ、司令長官の南雲をはじめとして、参謀や各艦の艦長、さらには空母の飛行隊長まで陛下への拝謁《はいえつ》を許されるという栄誉を得ました」

富永はうつむいた。

「新聞には連日、最強海軍の見出しが踊り、乗員や搭乗員の談話が掲載されております。海軍がおれば、皇国の未来は安泰と申す者も出てくるほど。これでは我らの立つ瀬がありませぬ」

「ミッドウェーで、一木《いちき》支隊が苦戦したのがまずかったですな」

高瀬の声も渋くなった。

「米軍の抵抗を単独で排除することができず、艦砲射撃と海軍陸戦隊の支援で、ようやく米軍を降伏に追いやりました。あれが表沙汰になり、我々の株はぐっと下がりました」

「どうせ、連合艦隊の参謀が新聞にもらしたのだろう。汚い連中だ」

佐藤賢了《さとうけんりょう》少将が激しくテーブルを叩いた。

積極的に開戦を支持した人物で、現在は陸軍省で軍務局長を務める。日米交渉に消極的な発言をして叱責を受けたこともある。

「海軍は、勝利に乗じて言いたい放題。一時は封印していたハワイ作戦や豪州侵攻作戦も、やりたいと言い出した。まったく無茶が過ぎる」

佐藤は激しく首を振った。

「太平洋が落ち着いたのであれば、現状維持に徹するべきだ。戦力の再編をおこない、長期不敗体制を作りあげる。南方からの物資を内地に送り、軍需生産の拡大を図る。

それでよいではないか。なぜ、ここへ来て、さらなる積極作戦をやろうとするのか。まったくわからん」

「腹立たしいのは、それに政府や世間が乗っかって騒ぎ立てることだ。やれハワイだ、やれインドだなどとほざきおって。何も知らない素人のくせに」

田中の言葉を受けて、山田が腕を組んだ。

「問題は、今のところ海軍の横暴を止める手段がないことだ。世間はもちろん、政府や宮中も海軍の意見に同調している。陛下も最近では、陸軍の奏上をないがしろにしている。これはよくない」

高瀬も、海軍優勢の現状を苦々しく思っている。

こんなことになるのなら、ミッドウェーで海軍が負けてくれたほうがよかった。空母の二隻でも沈めば海軍も守勢に転じ、長期不敗体制の構築に尽力しただろう。

「ここのところ、山本が表に出て、やたら発言しているのも気になります」

佐藤は立ちあがって、全員を見回した。その目は血走っている。

「この機に乗じて、我らを封じ込める意図が見えです。ここで海軍に反対すれば、陸軍は悪役になるでしょう。

もう奴らの横暴を許すわけにはいきません。作戦のみならず、予算に口をはさんでくるようなことになれば、大陸政策にも支障を来します。

下手な横槍で中国を失うようなことになれば、悔やんでも悔やみきれません」

「断固、やるべし！」

田中も立ちあがった。

「戦時中とあって我慢してきたが、もうよかろう。奴らがこちらの声を聞かぬのであれば、非常の手段に訴えるのみ」

高瀬は背筋を伸ばした。

ここで言う非常の手段とは、実力行使を意味する。議論の余地はない。

「政府をひっくり返す必要はない。騒動の胆は山本連合艦隊司令長官だけだ。奴を取り除いてしまえば、海軍は頭を失って動揺するはず。あとは我々がうまく取り込んでいけばよい」

田中の言葉に富永がうなずいた。

「賛成です。山本のやり方に不満を持つ連中はいくらでもおります。大陸浪人にでも声をかければ、百や二百は集まりましょう」

反対の声はあがらず、全員が富永の意見に同意している。

海軍の傲慢《ごうまん》、ここに極まれり。

膺懲《ようちょう》の鉄槌《てっつい》を下すのであれば、今しかない。

高瀬はそう確信していたし、ここに集まった同志も同じ思いのはずだった。

「では、やるか」

田中の言葉に全員が沈黙で応じる。

それは、承諾の合図だ。

「かまいませんな」

田中の視線を受けて、山田がうなずいた。

「いいだろう。ただ一箇所、話を通しておかねばならんところがある」

「総理大臣ですか」

「そうだ。事が起きた時に内情を知らなければ、誤った判断を下すやもしれぬ。陸軍と皇国の未来のため、確実に手を打っておくべきだ」

「わかってくれるでしょうか」

「閣下ならば、大丈夫だ。打つ手を誤るような方ではない」

山田は佐藤を見やると、指示を出した。

それは的確で、佐藤はすばやくメモを取ると、横の富永と話をはじめた。

2

七月一九日　東条英機自宅

高瀬が見つめると、内閣総理大臣東条英機《とうじょうひでき》は目を閉じ、腕を組んだ。

すかさず佐藤がたたみかける。

「閣下、これは皇国の存亡にかかわる事態です。常道に従っていては、取り返しのつかない事態になるかと」

佐藤は身を乗り出した。

そのとなりには富永が座って、同じように前のめりになっている。三人の視線は、自然と上座に座る東条に集まる。

佐藤と富永、さらに高瀬は山田教育総監の指示を受け、事の次第を説明するため、用賀にある東条の自宅に赴いていた。

説得役を買って出たのは佐藤と富永で、高瀬は彼らに引っぱられるような格好で赴いた。

到着した時、東条は帰宅したばかりで、まだ軍服を脱いでいなかった。

用件を尋ねられて、佐藤は矢継ぎ早に軍人会館での議論を語った。説明している間、東条は何も言わず、彼らを見ているだけだった。

「戦局は今が佳境。太平洋こそ米軍の撃退に成功しましたが、支那では国民党や八路軍の抵抗にあって、思うように作戦が進んでおりません」

佐藤の頬《ほお》は真っ赤だった。

「汪《おう》工作も頓挫したままで、解決まで長い時間がかかります。ビルマ、インドへの道筋はいまだ立たず、援蔣《えんしょう》ルートの遮断もきわめて困難」

佐藤に代わって、富永が話をはじめる。

「欧州情勢も緊迫する一方。ドイツとソ連の戦いは新たな局面を迎えており、予断を許しません。

資源地帯に進出するドイツに対し、ソ連はいまだ抵抗をつづけております。優勢は揺るがないまでも、ソ連が屈するまでにはかなりの時間がかかるでしょう」

「…………」

「イギリスもアメリカの参戦により、立ち直る気配を見せております。かの国が不沈空母となって、大陸侵攻の足がかりとなれば、ドイツは東西から挟撃され、重大な危機に陥ります。

その危急存亡の時に海軍が出しゃばってくれれば、手のつけようがありません。海軍はドイツへの義理など、これっぽっちも感じておりません。

三国同盟の折、海軍省がさんざんに抵抗したことはおぼえておいででしょう」

「無論だ。あの時、我々は痛い目にあった」

ようやく東条が口を開いた。剃刀《かみそり》と呼ばれる瞳が彼らを薙ぐ。

富永は気圧《けお》されて、わずかに表情を変えたが、それでも説明はやめなかった。

「今回も同じことが起きるかもしれません。いえ、もっとひどいかも。

海軍は、太平洋で優位に立っている今の機会をねらって、講和を目論《もくろ》むかもしれません。アメリカのみならず、イギリスやフランス、オランダとも」

「馬鹿な。ありえない」

「そう言い切れますか。山本が早期講和を目論んでいることは周知の事実。交渉をおこない、アメリカが妥協する気配を見せれば、手打ちをする可能性は十分にあります」

「中国の問題があるかぎり無理だ。ハル・ノートを見ても、皇国が大陸から手を引かないかぎり、アメリカが戦争をやめるとは思えん」

「逆に言えば、そこで譲歩する姿勢を見せれば、交渉の余地が見えてくるのではありませんか。山本は、そこまで踏みこむかもしれません」

「それはわかるが……」

「ミッドウェーの勝利で、海軍の声望はこれまでになく高まっています。陛下も心を寄せている今、勝負に出ないと言い切れるでしょうか。実際、山本は海戦後、つづけざまに重臣と顔をあわせています」

「知っている」

さすがは東条だ。要人の監視に抜かりはない。

「事が事だけに無視はできません。もし山本が重臣と宮中をまとめあげれば、我々も苦しい立場に追い込まれます。陛下は決して戦争を望んでおられないのですから」

「陛下の信頼を損なってもよいのですか。山本は間違いなく、そこを突いてきますぞ」

富永に言われて東条はうなった。両腕を組んで天を仰ぐ。

東条の決断は重い。

内閣総理大臣として国策に深く関わっているだけでなく、陸軍大臣として陸軍をまとめる立場にもいる。

彼が反対すれば、計画は水泡に帰す。強行すれば憲兵が動いて、全員が捕まるだろう。

逆に言えば、もし賛意を示せば……。

高瀬は、東条が口を開くのを待った。

待つ時間は長かった。三〇分も動かずにいたように思える。

「君はどう思う?」

不意に東条は高瀬を見た。

「海軍の本音は、どこにあると考えるか」

いきなり問われて高瀬はまごついた。

適当な返事はできない。頭の中で意見がまとまるまで時間がかかった。

「海軍の横暴は目にあまります。豪州の件ではさんざん無茶を言われて、嫌な思いをしました。五個師団を動かすのがどれほど大変なのか、彼らはまったく理解していないのです」

「話は聞いている」

「海軍は勝利に酔って、頭がおかしくなっています。作戦はおろか、物資や予算の面でも文句をつけています。

おそらく、この機会に勢力を拡大し、我らとの関係を逆転するつもりなのでしょう。山本長官の政治力ならば、十分に可能です」

「政治力で言えば、これまでのところは我々が上回っていた。海軍が政治の世界に踏みこんでくることはなかったからな」

東条の表情は渋いままだった。

「無論、我々が政治の世界に踏みこんだのは、皇国を守護するためだ。政治屋や財界人のやりたいようにやらせていたら、国はめちゃくちゃになってしまう」

「皇道を切り開くのは、志のある者。そう思い、我々は懸命にやってきました」

富永は手を握りしめた。

「なのに、ここで海軍が介入してくれば、せっかく築いた皇国の栄光が崩れ去ります。

アメリカと講和などとなれば、御魂は穢《けが》れ、皇国の行く末は闇につつまれましょう。そのようなことがあってはならないのです」

「閣下、ご決断を」

佐藤にうながされて、東条は再び目を閉じた。

沈黙が客間をつつむ。

五分後、東条は大きく息をつくと、三人を見回した。

「よし。わかった。やろう。海軍の思ったとおりにはさせん」

「英断です。これで閣下の名は歴史に……」

「ただし、誅殺は認めない」

東条は語気を強めて富永の話を遮った。

「憎き相手だが、連合艦隊司令長官を屠《ほふ》れば、皇国の威信に傷がつく。民心も動揺するだろう。先々のことを考えれば懲らしめるだけで十分と見る」

佐藤と富永は顔を見合わせた。わずかに表情が曇る。

東条の眉毛が跳ねた。

「不服か」

「いえ、そういうわけでは……」

富永はひと息ついてから東条を見た。

「閣下のお心遣い。痛み入ります。自分もそれでよいと思います。ただ……」

「ただ、なんだ?」

「向こうがこちらの気遣いに気づかず、抵抗すれば面倒なことになります。

我らの立場がかえって危うくなるかもしれず、その時には非常の手段を採らざるをえません。それはそれで、よろしいですか」

東条は、間を置いてうなずいた。

「それは仕方がないな。心が通じぬのならば、それに応じたふるまいをする。当然のこと」

「ありがとうございます」

「あと、今日のこの話、私は聞かなかったことにする。何があっても、誰とも知らぬ者が勝手にやったこと。それでよいな」

東条は視線をそらした。

その意図するところは明白だ。

黙認はするが、手は貸さない。失敗したら、責任はそちらで取れということだ。

そのあたりは承知している。話を聞いて受けいれてくれただけで十分だ。

佐藤と富永は頭を下げた。

高瀬もつられて頭を下げる。

「あと問題は一つ。それほどの大事、誰にやらせるかだ」

東条は、視線をそらしたまま口を開いた。

「並みの者では怯《ひる》んでしまい、失敗するだろう。どうするのか」

「適任の者がおります。すでに話はしてありますので、決まり次第、動かしましょう」

佐藤はその人物の名前を告げた。

3

七月二八日　青山南町

「こっちだ。早くしろ！」

カン高い声に高瀬は胆が冷えた。

時刻は二三〇〇。人通りは少なく、あまり騒げば、近所の者が気づく。

そこに配慮しないとは。自分のやるべきことで手一杯なのか、それとも、最初から考える気がないのか。

高瀬が顔を向けると、街灯に照らされた陸軍軍人の姿が浮かびあがる。

丸顔で、黒縁の眼鏡が特徴的だ。

背筋を伸ばして動く様は、見られることを意識しているかのようだ。手を振る仕草や兵を呼びつける時の声も、かなり芝居がかっている。

陸軍部作戦課班長の辻政信《つじまさのぶ》大佐だ。

一時間ほど前、山本襲撃部隊の指揮官として、一個小隊を率いて姿を見せた。

襲撃にあたって大陸浪人を使うという案は、機密の観点から取りやめとなり、信用できる身内にまかせることが決まった。

幸い、山本の自宅は麻布の衛戍地《えいじゅち》からほど近く、兵を動かしても気づかれる可能性は低い。

昨日までに襲撃用の部隊として一個中隊が用意され、そのうちの三〇人が二二〇〇に出撃した。

指揮官は佐藤と富永が決めた。

早くから連絡をつけていたようで、東条に問われた時もためらうことなく答えていた。

果断な人物であることは疑う余地がない。

ただ……。

「取り囲め。逃がしてはならんぞ」

辻が叫ぶ。隠密行動のはずなのに、あの声では台なしだ。果たして、指揮官に辻大佐を選んだのは正解だったのか。

辻は素行が問題視されており、ノモンハンやマレーでも暴走した実績がある。

快く思わない者は大本営陸軍部にも多い。

その辻が、山本を前にして自分を抑えることができるのか。

東条の言うように、懲らしめるだけで済むとはとうてい思えず、最悪の事態が起きかねない。

あるいは、佐藤や富永はそのあたりを期待して、彼を選んだのかもしれない。辻が暴走したという理由で山本を始末できれば、彼らの望みは達成できる。

高瀬は緊張しながら、山本の自宅に向かった。

彼が到着した時、辻は門の前に立って怒鳴っていた。

「私は、大本営参謀辻政信です。山本長官に急用があって参上いたしました。どうか面会を」

反応はなかった。人の気配はなく、灯りもつかない。自宅は静まりかえっている。

「長官、急用です。お願いします」

返事はない。

何かおかしい。異常な事態が起きている。

「大佐、変です。家に気配がなさすぎます。もしかすると、山本は留守なのでは？」

高瀬が声をかけると、辻は血走った目でにらんできた。

「そんなはずがあるか！　山本が自宅に戻ったことは確認済みだ。貴様、同じ陸軍兵の報告を疑うのか」

「違います。反応がないのがおかしいと申しているのです。隠れているにしても……」

そこで、高瀬の脳裏に閃《ひらめ》きが走った。これは、もしや……。

「いけません。大佐、引きあげましょう。これは罠です。すでに山本はここから逃げ出しています。早く麻布に戻らないと我々は……」

「馬鹿なことを言うな！　機密は完璧だ」

「ですが、ここまで静かなのは……」

「ええい、ならば踏みこめばよい。俺につづけ。門を破る」

「駄目です。そんなことをすれば……」

「そこまでにしてもらおうか、辻班長」

太く低い声が響き、山本家の門が開いた。

奥から姿を見せたのは、陸軍の軍服を着た人物だった。

その顔を見て、思わず高瀬は敬礼する。

周囲の将兵も同様だ。

「どうした、班長。上官を前にして突っ立っているだけとは。それでも陸軍軍人か！」

最後の一言は刃のような鋭さで、さすがの辻も後ずさって敬礼した。

男は答礼すると、高瀬たちを見回した。

「知らぬ者もいるかもしれぬので、名乗っておく。私は近衛師団師団長の豊嶋房太郎《てしまふさたろう》だ。まあ、本来の近衛師団はいまだ南方で転戦中なので、留守師団をまかされているに過ぎんがな。

　それでも、陛下の身を守り、帝都の治安維持をまかされていることに変わりはない」

　豊嶋中将は辻をにらみつけた。

「本日、帝都で不穏な事態が生じるとの知らせを受け、警備にあたっていたら、おぬしたちが姿を見せた。出動の報告は受けていないが、いかなる用件か」

「奸賊《かんぞく》の討伐でございます」

「ほう。聖戦の最中にか」

「だからこそです」

「解せんな。どうも貴様らは、向ける矛先《ほこさき》を間違っているのではないか」

「何をおっしゃるか。山本の横暴は、閣下も御存知のはず。統帥を乱し、世間をあおり、お上に虚妄の言を奏上すること甚だし。

　まさに、朝憲紊乱《ちょうけんびんらん》のふるまい。これを誅さずして、国体が保てましょうや」

「ふざけるな。私欲をもって兵を動かし、陛下の臣である連合艦隊司令長官を討とうとは。それこそ大義にもとるふるまい。認めることはできん」

　辻の発言に豊嶋は怯まなかった。堂々と反論する姿はさすがである。

「ならば、閣下は陸軍がどうなってもよいと申されるか。海軍の言いようにふりまわされてもかまわぬと」

「話をすり替えるな。今、問題にしているのは、貴様らが陛下の命令に逆らって、身勝手な行動を取っていることだ。海軍が気に入らぬなら、言葉をもって抑えればよかろう。貴様らは反逆者だ」

「お退きください。我々は行動で大義を証明します」

　辻が前に出た。

　二人の視線が絡みあい、不穏な空気が漂う。

「どかぬと言ったら」

「閣下といえども、容赦はしません」

「やめてください、大佐。事は露見したのです」

高瀬が割って入った。

「閣下がここに出ておられるのです。ならば、事の次第は部内だけでなく、政府や海軍も知っていると見るべきです。手はすでに打っているはずで、我らとしてはどうすることもできません」

「そう。すでに麻布の中隊は押さえた。田中や富永も、今頃は捕まっているだろう。ちなみに……」

豊嶋は振り向いた。

「山本閣下はこの場にいない。すでに避難しておられる」

「罪人を見逃すとは、それでも軍人か。卑怯者！」

辻の咆哮に豊嶋は嘲笑《ちょうしょう》で応じた。

「陛下に逆らうことこそ大罪よ。満州事変以来、勝手気儘にやってきたが、そろそろ考えを改めてもよい頃だ。腹をくくるのだな」

「これで終わりと思うな。同志はほかにもいる。我らが捕まったとなったら、彼らが動く。大反乱になるぞ」

「それは、こちらの台詞だな。動いているのが我々だけだと思っているのか」

豊嶋が合図すると、門の裏に隠れていた将兵が飛び出してきた。全員が小銃を手にしている。

周囲の小路にも兵士の姿があり、彼らは完全に包囲されていた。

「俺たちだけではない。海軍も連合艦隊司令長官がねらわれて、黙っているはずがなかろう。もう、そろそろ姿を見せる頃だ」

「海軍ふぜいが……」

辻は奥歯を噛みしめた。

言葉が出ないのは、もう打つ手がないとわかってのことか。

ここまで対策を講じられては、どうすることもできない。高瀬はうなだれた。

身体から力が抜ける。兵士に両腕を押さえられても、もう逆らう気にはなれなかった。

4

七月二八日　東京湾

「艦長、横須賀より連絡です」

高柳儀八《たかやなぎぎはち》が振り向くと、伝令の兵が真っ赤な顔で敬礼するところだった。

答礼すると、高柳はできるだけ穏やかな声で語りかけた。

「読んでくれ」

「はい。山本長官、無事、鎮守府に入れり。怪我なし。家族も無事。以上です」

「そうか。うまくいったか。それはなによりだ」

伝令が立ち去ると、高柳は艦内通話用のマイクを手に取った。

「全艦に通達。山本長官は無事、横須賀に入られた。怪我ひとつないということだ。皆、安心して任務に励まれたし」

高柳が話を終えると、艦橋の空気が一気にゆるんだ。大きく息を吐く見張員もいる。

「うまくいったようでなによりですな、艦長」

太い声に振り向いてみると、砲術長の能村次郎《のうむらじろう》大佐が歩み寄ってくるところだった。

照明を消していることもあり、表情はよくわからないが、口調はいつもと同じで、緊張している様子は感じられなかった。

「長官に怪我がなくてなによりでした」

「ああ。万が一のことがあったら、死んでも死にきれなかった。保護することができて、本当によかったよ。襲撃にかかわった将兵も押さえたようだしな」

「騒動が起きていたら、四六センチ砲の出番だったんですがね。きっちり叩き込みましたよ」

「麻布にか。外れたら大変だぞ」

「外すものですか。大和の実力をみせるいい機会でしたよ」

自信たっぷりの物言いに高柳は苦笑する。

二人が話をしているのは、連合艦隊旗艦大和《やまと》の羅針艦橋だった。

大和は柱島で待機していたところ、急遽《きゅうきょ》、横須賀方面への移動が命じられた。

東京方面への進出が指示されたのは二〇〇〇。すぐさま、高柳は二隻の駆逐艦を伴って、進路を北へと向けた。

六万四〇〇〇トンの船体が東京に姿を見せるのははじめてだ。夜が明ければ大変な騒ぎになるだろう。

「まさか長官を暗殺しようとは。陸軍もやることが荒っぽいな」

「ミッドウェー以降、押されっぱなしでしたから。鬱憤《うっぷん》がたまっていたのでしょう」

「もう少し穏やかなやり方があるだろう。暗殺まで踏みこめば、二・二六事件の再現だ」

「探られたくない腹があるのかもしれません。予算がらみで、陸軍は隠しごとが多いようです。突っつかれたら、世間のみならず、陛下の信頼も失います」

「確かにな」

高柳は大きく息をついた。

「ミッドウェー海戦以後、海軍は早期講和を口実に積極作戦を提唱していた。予算や資源も優先的に配分するように求め、御前会議では陛下が海軍の主張に同意する姿勢もみせたようだ。さすがに陸軍も焦《あせ》ったか」

満月に照らされた東京湾は、美しい輝きを放っている。雲もなく、思いのほか視界は良好だ。朝には、東京湾の奥深くまで入ることができるだろう。

「それでも、ここまでやってくるとは思わなかった。おかげで、計画がぎりぎりまでつかめなかった。長官を逃がすことができたのは幸運だったたな」

「まったくです。嶋田《しまだ》大臣がもらしてくれなかったら、どうなっていたか」

海軍が山本暗殺計画をつかんだのは、一昨日のことだ。嶋田繁太郎《しげたろう》大臣が、次官の沢本頼雄《さわもとよりお》中将に事の次第を話し、すべてが露見した。

「大臣は、東条首相から暗殺計画について相談を受け、万が一の時には、君が連合艦隊司令長官を引き受けてほしいと言われていたようだな。

長官が暗殺されれば、海軍は混乱する。そこで米英につけ込まれてはまずいと思い、先手を打ったのだろう」

「総理は、大臣を子分のように思っていたようですね。うまく海軍をまとめあげ、自分に協力してほしいと願ったのですが、現実はそうはいきませんでした」

「さすがに、長官の暗殺と聞いて動揺したのだろう。大臣と長官は兵学校の同期だ。いかに陸相に心を寄せているとはいえ、それほどの大事を心に仕舞っておくことはできなかった」

「自分も同じ立場だったら、話をしました。やはり海軍は裏切れませんよ」

事情を知った沢本は、山本の保護をおこないつつ、急ぎ海軍出身の重臣に相談した。

そのうちの一人が米内光政《よないみつまさ》だった。

米内は事の重要性を察し、宮中関係者に連絡を取りつつ、陸軍の穏健派と接触した。

杉山元《すぎやまはじめ》参謀総長がその一人で、米内から説明を受けると、即座に近衛師団と接触し、襲撃部隊の鎮圧に向かわせた。

一方、海軍部は万が一に備えて、大和と第一水雷戦隊を呼び寄せ、東京湾への進出を命じた。

事が大きくなるようならば、空母の赤城、蒼龍も投入する予定だった。

胆は山本の身柄をどのようにして確保するかだったが、高木惣吉《たかぎそうきち》大佐の手引きもあって、自宅から脱出、なんとか横須賀へ避難した。

「事は終わった。もう成功の可能性はないのだから、おとなしく捕縛されてほしいものだな」

「どうでしょうか。今回の暗殺計画には、陸軍の将官もかかわっているようです。表沙汰になれば、二・二六事件以上の騒動になります」

「陸軍の屋台骨が揺らぐとなれば、簡単にはあきらめないかもしれんな」

高柳は軍帽を脱ぐと、軽く頭を振った。むずかしい局面に突入しつつある。

「で、陛下にはこの件、知らせているのか」

「報告は入っていません。米内さんが参内《さんだい》するかもしれませんが、それがいつになるかはわかりません」

「事態が落ち着くまでは、報告しないかもしれんな。さて、どうなるか」

高柳が帽子をかぶりなおした時、羅針艦橋につながる扉が開き、伝令が飛び込んできた。

先刻とは異なる兵で、高柳の前に立つと背筋を伸ばして敬礼した。

「横須賀より緊急電です」

「どうした？」

「立川飛行場に不穏の気配がありとのことです。」

大本営からの通信に答えないとの報告が入っています」

「立川が？」

高柳は伝令からメモを受け取った。懐中電灯で照らすと、ようやく文字が浮かびあがった。

「航空隊が動くと厄介です。我らが一方的に攻撃を受けるかもしれません」

「かといって空母が艦載機を出せば、帝都上空での空中戦になるぞ。それはうまくない」

高柳は視線を左に移す。

暗闇の彼方には陸地が広がっており、その先には立川飛行場がある。

ここで事が終わるのか。それとも先があるのか。

「まだ気をゆるめることはできないな」

5

七月二九日　東京

米内光政が宮内省に入ると、背広を着た紳士が飛び出してきた。

顔はこわばっており、瞳には強い不安がある。内大臣の木《き》戸《ど》幸一《こういち》だ。

「米内さん、立川の件はどうなっていますか」

「大丈夫だ。通信は回復した。陸軍部からも人をやっている。襲撃計画に加わった者は捕まっており、部隊は東部軍の指揮下に戻っている。陸軍機が帝都を襲うようなことはない」

「よ、よかった」

木戸は大きく息を吐いた。放っておけば、そのまま膝をつきそうだ。

米内はホールのソファーに座るよう木戸をうな

がし、自分も腰を下ろした。

「叛乱《はんらん》に参加した部隊は、すでに原隊に戻っている」

米内は木戸を見ながら、力強く言った。

「麻布だけでなく、佐倉の連隊もかかわっていたようだが、今は落ち着いている。叛乱に加わった将官も続々と捕まっており、これ以上、事が大きくなることはなかろう」

「そ、そうですか。それはなによりです」

「襲撃計画が未遂だったのが大きいな。もし成功していたら、我々の努力も無駄になっていた。山本を廃した勢いで、陸軍が政府を牛耳《ぎゅうじ》ったかもしれぬ」

昨日、米内は山本暗殺計画を知って、大きなショックを受けた。

最悪の事態が起こらぬよう、あえて連合艦隊司令長官に任じ、これまで何もなかったので安心していたのであるが、まさか、ここで動いてくるとは思わなかった。米軍相手の大勝が銃爪《ひきがね》になるとは、皮肉もいいところだ。

急ぎ、米内は重臣との連絡を密にする一方で、宮内省の木戸と接触した。

陛下と宮中だけは味方にしておく必要があり、東条よりも早く事情を知らせたかった。

木戸に話をしたのは、今日の夕方だ。

真っ青な顔は、まだ記憶に残っている。

「ここまでくれば、陛下に奏上してもよかろう。心配なさっているだろうからな」

「はい。先刻から矢の催促です。早々にお知らせするべきかと」

「では、行ってくれ。私はここで待つ」

「いえ、ここは米内さんが行くべきかと」

木戸は立ちあがると、近くの小部屋に米内を連れ込んだ。左右を見回してから話をつづける。

「まだ直に聞いたわけではありませんが、今回の件、お上は米内さんに後始末をまかせたいと思っているようです。陸軍はもう信用がならぬと」

「待ってくれ。今の私は軍人でもなければ、政治家でもない。なんの権限もなしに、事件にかかわるわけにはいかん」

「必要ならば、特旨《とくし》で現役復帰を命じるとのことです。組閣の大命を下す準備もありとのことで」

「まさか、そこまで……」

米内は驚いた。想定外もいいところだ。

「私としては、事が収まれば郷里に戻るつもりだった。正直、この局面で政治にかかわるのはうまくない」

「だからこそ、かかわっていただきたい。お上は米内さんに心を寄せておられます。

以前、あそこで米内さんが首相を辞めていなければ、このたびの戦争は起きなかったとおっしゃっていました。今でも頼りにしているでしょう」

米内は昭和一五年一月一六日から内閣総理大臣を務めたが、陸軍との関係悪化もあり、わずか半年で辞職を余儀なくされた。

むずかしい状況下で戦争回避に尽力したが、そのことを天皇はわかってくれていた。ありがたいかぎりだ。

「今回の件、陸軍の大物がからんでおるのでしょう。解決にもたつけば、彼らが巻き返してくるかもしれません」

「確かにな」

米内は壁ぎわの椅子に腰かけた。腕を組んで息を吐く。

「計画には陸軍部や陸軍省の将兵だけでなく、予《よ》備役《びえき》の軍人もかかわっている。すでに荒木《あらき》や真崎《まさき》の名もあがっている。調べれば、もっと出てくるかもしれん」

「陸軍が総力をあげていたと」

「そのあたりははっきりしない。真相は見えんが、多くの将兵が手を貸していたことは確かだ」

今回の事件に加わった者は多い。将官だけでも一〇人を超えるだろう。

幸い山本暗殺に焦点をあてたため、実働部隊が少なく、近衛師団の一個中隊で押さえることができた。

もう少し時間に余裕があれば、連隊規模で兵が動いており、二・二六事件なみの大騒動になっていたかもしれない。

杉山参謀総長が計画に加わっていなかったのも助かった。暗愚と言われているが、見るべきところは見ていたのだろう。

「ここは、事件の内幕を徹底的に調べる必要がある。うやむやにしては軍の統制にもかかわる」

「ですが、陸軍に強い態度に出れば、叛乱も起こりえます。米英と戦争している最中に危険ではありませんか」

「戦争中だからこそ、やらねばならん。しこりを残せば、今まで以上に陸海軍の亀裂は深くなる。とても手を取り合って戦うことなどできんぞ」

二・二六事件の時と同じか、それ以上の粛軍をなし遂げなければ、同じような事件はまた起きる。

「勝って状況がよい時に、妬《ねた》みから暗殺計画が起きた。ならば、米英に追いつめられて、敗北が間近という事態になれば、どうなると思う。途方もない事件が発生するかもしれん。根は徹底的に断たねばならん」

「ならば、なおさら米内さんにやっていただくよりありません。ほかに誰ができると言うのですか」

「それは……」

米内の言葉は途中で切れた。

思いつく人材はいるが、事件に最初からかかわっていないので、状況を把握するだけでも時間がかかる。粛軍に手間どれば、陸軍が反撃に転じるかもしれない。

なにより今は戦時中で、無駄に時を費やせば米英が反撃に転じ、帝国は危機的状況に陥ることもありえる。

ミッドウェーで勝利したとはいえ、米海軍の底力は侮《あなど》れない。太平洋が落ち着いている今こそ、長期持久の体制を築きつつ、和平への道を探るべきだ。

「わかった。ひとまず参内しよう。その後のことはその後で考える」

「わかりました。では、すぐに手配を」

二人が小部屋から出ると、侍従長の百武三郎《ひゃくたけさぶろう》が駆けよってきた。海軍軍人で、米内の大先輩にあたる。

「おお、そんなところにいたか。二人ともすぐに来てくれ。お上がお呼びだ」

百武の表情には焦りがあった。

「一刻も早く事情を知りたいとのことだ。来ないのなら、こちらから霞ヶ関にでも三宅坂へでも行くとおっしゃっている」

「そんな。まだ情勢は定まっておらぬのに」

「すぐに参内しましょう」

米内は腹をくくった。

騒乱を収めつつ、今後の道筋を作るには、自分が立つしかない。たとえ命を落とすことになろうとも、日本と陛下のために尽くしてみせる。

「間に合うといいが」

米内は思わずつぶやく。

何に対して間に合えばよいと思ったのか、米内本人もわかっていない。

だが、時間がないのは事実であり、彼らがやらなければならないことは無数にあった。

後に七・二八事変と呼ばれることになる山本五十六暗殺未遂事件は、嶋田繁太郎の決断と関係者の尽力により、最小限の混乱で収めることができた。

*

山本と家族は横須賀に保護されて無事、計画にかかわった陸軍関係者は全員が捕縛された。

事態の収拾にあたっては、東京湾に突入した大和の存在も大きかった。竣工したばかりの巨大戦艦は、圧倒的な威圧感で襲撃部隊の意気をへし折った。

立川が動かなかったのも、大和が主砲を三宅坂に向けていたことが大きかった。

暗殺計画関係者を押さえたのは警察、とりわけ特高だった。彼らは、力を強める憲兵に反感を持っており、首魁《しゅかい》である東条を含めて、陸軍に圧力をかける機会をねらっていた。

今回の事件は千載一遇《せんざいいちぐう》の機会であり、またたくまに計画にかかわった者を特定し、捕縛に手を貸した。

また、近衛部隊も迅速に動き、暗殺部隊の動きを封じたのみならず、麻布の同志も制圧し、つけいる隙を見せなかった。

事態が落ち着いたのは八月一日のことであり、解決に尽力した米内光政は、七月二九日についで宮中に参内、事の次第を奏上した。

報告を聞いた天皇は、米内の現役復帰を認めると同時に組閣の大命を下し、事件を徹底的に調べあげるように指示した。

この時点で天皇は、陸軍に強い不信感を抱いており、今のままでは戦争指導をまかせることはできないと言い放った。

徹底的な粛軍が必要とみており、そのためには自ら陣頭に立ち、陸軍関係者に自ら命令するつもりでいた。

そこまでやらせては臣下の立つ瀬がない。

米内は自分の身を犠牲にしてでも粛軍をやり抜く覚悟を示し、陸軍と政府の構造改革に踏み切る旨を天皇に示した。

時に昭和一七年八月。戦争が佳境を迎える時期に、大日本帝国は骨組みを大きく変えることとなる。それは国内のみならず、世界の情勢をも大きく変えることになった。

いい意味でも、そして悪い意味でも。

6

八月一六日　ホワイトハウス

フランクリン・D・ルーズベルトは、開く扉に視線を向けた。

軍服姿の老将が入ってくる。

海軍大将のウィリアム・リーヒだ。

ルーズベルトの参謀長として統合参謀本部の議長も務める要人であり、経験に裏打ちされた知識と事態を正しく分析する能力は、ルーズベルトの戦争指導を背後から支えていた。

「報告が入ったか」

「はい、断片的ですが。日本でクーデターまがいの事件が起きています。間違いありません」

リーヒは机に書類を置いた。

手に取って読んでみると、そこには日本で起きた出来事が簡潔にまとめられていた。

「なるほど。日本の要人が陸軍の関係者にねらわれたわけか。それに対抗するために海軍が動いて、大事件になったと。銃撃戦はおこなわれなかったようだが、これはなかなか……」

「誰がねらわれたのかは、はっきりしません。よほどの重要人物と思われますが」

「首謀者は陸軍だから、東条ではあるまい。天皇をねらうとも考えにくい。となると、海軍関係者、山本か嶋田か」

「首謀者には、陸軍や政府の大物がかかわっているようです。もしかすると、東条自身が事件を引き起こしたのかもしれません」

「となると、クーデターでなく弾圧だな。政府がかかわっているだから」

「なるほど。では、叛乱を起こしたのは襲われた側ですか。政府の弾圧に対して、艦艇を繰りだしてまで戦う姿勢を見せたと」

「そういう見方もできよう」

ルーズベルトは苦笑しつつ、なおも書類を確認する。

「多数の逮捕者が出ているようだ」

「報告が来た段階では一五名でした。もう少しいると思われますが、現状では、ここまで調べるので精一杯です」

「かまわん。せっかくのスパイを危機にさらすわけにもいかん。今は事件が起きたということだけ把握しておけば、それでよい」

ルーズベルトが勧めると、リーヒは用意されていた椅子に腰を下ろした。

二人が話をしているのは、ホワイトハウスのウエストウイングにある大統領執務室《オーバルルーム》だ。人を遠ざけているので、余人に話を聞かれる心配はない。

夏の強い日差しを感じつつ、ルーズベルトは話を切り出した。

「しかし、このクーデター騒ぎ、おかしなところが多いな。事実だとすれば、政府の中枢にいる者が海軍関係者をねらったことになるが、なぜミッドウェーで勝った海軍を排除せねばならないのか」

「嫉妬は、どこにでもあるものです。ローマの英雄、スキピオですら弾劾《だんがい》を受けました。ついでにいえば、どこの国でも陸海軍は仲が悪い」

「そうだった。今、思い出したよ」

アメリカでも陸軍と海軍は対立している。

とりわけ、合衆国艦隊司令長官のアーネスト・キングは、事あるごとに陸軍参謀長のジョージ・C・マーシャルに噛みつき、もめごとを起こしていた。

太平洋方面でも、南西太平洋方面軍司令長官のダグラス・マッカーサーと中部太平洋方面軍司令長官のチェスター・ニミッツは折り合いが悪い。

アメリカでも陸海軍がぶつかっているのだから、日本で同じことが起きてもおかしくあるまい。

「おおかた、ミッドウェーの勝利をやっかんだ陸軍が海軍首脳部を取り除き、陸軍に有利な体制を作りあげようとしたのでしょう」

「正直、うまくいってほしかった。我々にとっては、有利になったからな」

「同感です。太平洋の状況は悪化する一方です。日本海軍の力を削ぎ落としてくれるなら、誰だろうが支援したいですね」

現在、アメリカ太平洋艦隊は苦境に立たされている。

ミッドウェー海戦の敗北で、一時にエンタープライズ、ヨークタウン、ホーネットの三隻を失い、航空部隊の展開は不可能に近い。

優秀な乗員やパイロットが戦死したのも大きく、艦隊を立て直すには時間がかかると見られている。

ミッドウェー島を失ったため、ハワイも危機的な状況にある。警戒レベルは最高のままで、陸海軍の航空隊が連日のように偵察をおこなっていた。

「勢いに乗じてハワイが攻撃されていたら、どうなっていたか」

「防げたかどうか、きわどいところです。陸軍航空隊も数がそろっていませんでしたから」

リーヒは手元の書類を確認した。

「現在、太平洋で稼働している空母は、サラトガとワスプの二隻しかおりません。戦艦もメリーランドのほか二隻だけです。

一方、日本の空母は確認できているだけで六隻。小型空母も含めれば、もっと増えるでしょう。正面からの戦いになれば、我々に勝ち目はありません」

「大西洋からレンジャーを移動できないか」

「無理です。まもなくアフリカで連合軍の反攻作戦がはじまります。最低でも一隻の空母は支援にまわさないと、問題が起きた時に対応できません」

「柔らかな横腹を突く……か」

昨年一二月、ルーズベルトはイギリス首相のウィンストン・チャーチルと会談し、今回の戦争で最初に打倒すべき相手をドイツとして、太平洋では戦略守勢を採用することを約束した。

その後の会議で、地中海が枢軸国の弱点と判断し、南からイタリアを突きあげるため、アフリカへ侵攻することを決めた。

ミッドウェー敗戦直後だったため、戦略を再検討するべきという声もあったが、チャーチルは、ここで手をゆるめては連合国は内部から崩壊すると主張し、作戦の実施を迫った。

ルーズベルトは押しきられる格好になり、一〇月にも上陸部隊が進出する予定だった。

「太平洋だけが戦場なら、簡単なのにな」

ルーズベルトは信頼する参謀長を見やった。

「さて、この後、我々はどうすべきかな」

「時間が確保できたのは、幸運と見るべきでしょう。クーデターは未遂でしたが、当面、日本の陸海軍は混乱します。積極的な侵攻作戦は実施しにくいでしょう」

「東太平洋は安全か」

「少なくとも二、三ヶ月は。ならば、その間に我々は東太平洋の戦略持久体制を確立したいところです。とりわけオーストラリアとの連絡線は確実に固めるべきと判断します」

「ミッドウェーの敗北で、オーストラリアは動揺している。安心感を与えてやらないと」

アメリカ政府は六月一〇日、ミッドウェー海戦で敗北した事実を公表した。

衝撃は全世界に広がり、連合国は本当に大丈夫なのかという声があがった。

とりわけオーストラリア政府は、日本軍と対峙《たいじ》しているだけに危機感は強く、発表後、何度もアメリカ政府に対して今後の支援を確認したほどだ。

「逆に言えば、日本軍は今後、我々の連絡線遮断を試みるでしょう。ソロモン諸島に進出した部隊がその先遣隊かと」

「確か、ガダルカナルだったか」

「マップルームに移動しますか」

「大丈夫だ」

ルーズベルトは地図を取りだして、執務用の机に広げた。

リーヒは机の前に立つと、地図の一点を示した。

「ここです」

「ソロモン諸島の真ん中だな」

「日本軍はここを前進基地にして、フィジー、サモア方面に進出するつもりでしょう。このあたりの島々を奪えば、日本軍は南太平洋の制海権を握ることになります」

「連絡線は完全に寸断される」

「オーストラリア政府が動揺して、日本との単独講和に踏み切るかもしれません」

「ならば、ポートモレスビーからラバウル方面を攻撃できないか。後方が断たれるとなれば、日本軍もうかつには前進できまい」

「補給面での問題があり、困難でしょう。おそらく日本側もそれをねらって、連絡線の寸断に力を入れると思われます」

物資がなければ、どんな戦略拠点も干上がる。

ポートモレスビーは堅牢な要塞であるが、能力を発揮するにはアメリカ本土からの補給が不可欠だった。

「放置はできないか」

ルーズベルトは背もたれに身体を預け、腕を組んだ。

「ここは攻勢に出るか」

「賛成します。日本の陸海軍が態勢を立て直す前にソロモン諸島に進出し、足場を築くべきです」

「同感だ。早いうちに海兵隊を送り込もう」

ソロモン諸島なら、ニューカレドニアやフィジーに近く、支援がしやすい。

うまくやれば、ラバウルから南進する日本軍を食い止め、反攻のきっかけをつかめよう。

「いつならできる？」

「一二月、いえ、一一月ならなんとか」

「遅すぎる。一〇月になんとかしてほしい」

ルーズベルトは強い口調で言い切った。

「参謀長、会議を開く。皆に連絡を取ってくれ」

「了解しました。きっとアーネストが喜ぶでしょう」

キング合衆国艦隊司令長官は太平洋での積極作戦を提唱し、マーシャル陸軍参謀長やアーノルド陸軍航空隊司令官と衝突していた。

ミッドウェーで敗れた後も、日本軍の積極進出を食い止めるため、マーシャルやラバウル奇襲の必要性を訴えていた。

「そうとばかりは言えんさ。ここで負ければ、我々は瀬戸際まで追い込まれる。キングも必死だろう」

「急ぐ必要がありますな」

「もちろんだ。それにあわせて、艦艇の建設も急がせる。稼働空母が三隻という状況はうまくない」

ルーズベルトは艦艇建造計画を促進するため、海軍工廠《こうしょう》や造船所の関係者と連日のように会談していた。

とにかく、太平洋に大量の空母を投入する必要があり、そのための手段は選んでいられない。建造中のエセックス級はもちろん、軽空母や護衛空母もこれまで以上のペースで建造する必要がある。

「このままいけば、来年の一〇月には新しい機動部隊が整います」

「遅すぎる。来年の半ばにはなんとかしたい。私もできるだけのことはするが、君も機会があれば海軍関係者に声をかけてくれ」

「わかりました」

リーヒは一礼し、オーバルルームを後にした。

一人、残ったルーズベルトは地図を見つめる。

ギルバート、ウェークについで、ミッドウェーを失い、中部太平洋はきわめて危険な状況に陥っている。

こちらが態勢を整えるまで、日本軍の目を南太平洋に引きつけねばなるまい。

オーストラリアとの連絡線を維持しつつ、日本軍を消耗戦に引きずり込めば、国力の差から逆転のチャンスが出てくる。

それまでは粘り強く戦うしかない。

「いけるか」

ルーズベルトは思索に耽《ふけ》る。

それは、オーバルルームの扉が再びノックされるまで止まることはなかった。

第2章　ソロモンの激闘

1

一〇月二二日　南シナ海

「富士山丸、回避に成功！　全速で離脱します」

見張員の報告に、平山敏夫《ひらやまとしお》少佐は大きくうなずいた。

「よし。これより本艦は敵潜水艦を攻撃する。面舵一〇、第四戦速！」

航海長の復唱が響き、船体が右に転進する。

駆逐艦水無月《みなづき》は、南シナ海の海面を切り裂きながら前進する。

「索敵を厳にせよ」

平山は声を張りあげた。

「魚雷の方向から見て、敵はこのあたりに隠れている。絶対に見逃すな」

平山の指揮する水無月は同じ第二二駆逐隊の皐《さ》月《つき》、文月《ふみづき》、長月《ながつき》とともに、輸送船団の護衛任務についていた。

七・二八事変以降、海軍戦略は大きく変わり、長期不敗体制を構築するため、南シナ海の海上護衛が重視されるようになった。

すでに大規模な輸送船団が編成され、駆逐艦か海防艦が行動をともにしている。

これまでのところ護衛は旧式駆逐艦が中心だったが、来月一日には規模を拡大した護衛艦隊が創設され、護衛専用の駆逐艦が投入されることも決まっていた。

平山は当初、護衛部隊転属になってくさっていたが、次々とよいニュースが飛び込んでくる状況に、気分もよくなっていた。

今日、敵潜水艦を発見できたのも、気力が充実していたからだ。

「もどーせー。速度このまま！」

「魚雷発見。右二〇、距離三〇。雷数二。目標本艦！」

「面舵二〇！　魚雷と正対」

新しい報告に平山はすばやく対応する。

水無月は右に転進し、進路を南に取る。

二分後、魚雷は水無月の左舷を通過した。

「やるな。この間合いで、こちらに仕掛けてくるとは」

「艦長、敵潜水艦は二隻いるのではありませんか」

平山の言葉に、砲術長の境田正年《さかいだまさとし》大尉が応じた。

水無月に乗り込んだのは八月で、つき合いはまだ浅いが、その能力の高さゆえ、平山は全幅の信頼を置いていた。

「位置的に考えて、最初の潜水艦では我々をねらうのは困難です。近くに、もう一隻が隠れていたのかと」

「俺もそう思う。一隻で輸送船団を攻撃しつつ、もう一隻が周辺の駆逐艦を警戒していたのだろう。やるではないか」

「米軍の戦意、旺盛ですな」

「ああ」

米軍は九月中旬から潜水艦を南シナ海に繰りだし、輸送船への攻撃をはじめていた。

攻撃は熾烈で、すでに四五〇〇トンの輸送船が二隻、沈められている。

ミッドウェーで大敗北して、さぞ意気消沈していると思ったが、いまだ米軍は積極果敢で、東太平洋に隠れているつもりはなさそうだった。

「水上艦がなければ、潜水艦で仕掛けるか。心意気はよいが、簡単にやらせるわけにはいかんな」

これ以上の攻撃は護衛部隊の沽券《こけん》にかかわる。

平山は左転進を命じ、輸送船団の南方に出た。

時刻は一七三〇で、周囲は朱色に染まっている。

このあたりに、最初に攻撃をかけた潜水艦が航行している。

発見できれば、それでよし。

駄目でも味方を救うため、もう一隻が動く。

チャンスは必ずくる。

「赤三〇。このまま第二戦速まで落とす。機関室、どうだ。もつか」

平山が伝声管に語りかけると、威勢のよい返答が響いた。

「なんとか。三分でよければ、最大戦速まで出せますよ」

「助かる。敵潜水艦は近い。よろしく頼むぞ」

「魚雷発見！　雷数一、左二〇。目標、文月」

「来たか！」

平山はかたわらの水雷長に命令を下す。

「爆雷攻撃準備！　二分後からやるぞ」

「待ってました。爆雷攻撃準備！」

「深度は四〇でいい。雷撃したばかりだ。そうそう深くまではつけまい」

「深度四〇で信管調整」

「右六〇、魚雷！　距離五〇！　目標本艦！」

「もう一隻も来たか」

連携しての攻撃とは、なかなかやってくれる。

平山は雷跡を確認すると命令を下す。

「面舵一杯！」

魚雷をかわしたうえで、敵潜水艦の頭を押さえて爆雷を投下する。

簡単ではないが、やりがいはあった。

2

一〇月二一日　海南島

「ヒ〇五はどうなった？　報告は入っているのだろう」

井上保雄《いのうえやすお》中将の問いに応じたのは、女房役を務める山口次平《やまぐちじへい》大佐だった。

「全船、退避に成功しました。國玉丸が雷撃を受けましたが、不発で損害は軽微。船団と行動できます」

山口は海兵四一期で、海上勤務を長く勤めた人物だ。三日月《みかづき》の駆逐艦長を皮切りに、初雪《はつゆき》、龍田《たつた》、高雄《たかお》で指揮を執っている。

開戦時には戦艦霧島《きりしま》の艦長として、真珠湾攻撃にも参加している。海の怖さを肌で知っており、その言葉には重みがあった。

「そうか、よかった。守ることができたのはなによりだ」

ヒ〇五は、ボルネオのクチンで編成された輸送船団で、蘭印のボーキサイトと仏印のゴムを内地に運ぶことになっていた。

途中、米潜水艦の雷撃を受けて、どうなることかと思っていたが、味方の駆逐隊がしっかり護衛の任務を果たしたようだ。

「損傷した船が一隻で済んで幸いだった。敵潜水艦は二隻だったのだろう」

「はい。比島の手前で網を張って、絶妙なタイミングで仕掛けてきました。もっと被害が出てもおかしくなかったのですが、報告を読むかぎり、魚雷の多くは命中前に爆発したようです。どうも信管に不安をかかえているようで」

「その報告は前にも聞いたな。米軍は修正していなかったのか」

「まだ原因をつかんでいないのかもしれません。ミッドウェーの敗戦で、首脳部はかなり混乱しているでしょう」

山口は海図を見つめた。

「現在、ヒ〇五はミンドロ島の沖合二〇〇カイリを南に航行中です。ここまで米潜水艦が入り込んだ例はありませんので、安心してよいかと」

「そうだな。マニラまで行けば、第一三駆逐隊の二隻もいる。なんとか内地に帰還できるだろう」

井上は小さく息をついた。

彼の指揮する第一海上護衛隊は、南シナ海で輸送船を護衛する任務をおこなっている。

編成は旗艦の浮島丸と駆逐艦一〇隻、さらには特設砲艦四隻と水雷艇二隻だ。

創設当初から南シナ海全域をカバーするには数が足りず、井上は事あるごとに艦艇の増強を海軍部に申し出ていた。

「奇襲をうまくかわして、敵潜水艦を仕留めたのもお手柄です。船を守りながらよくやってくれました」

「そうだな。現場はよくやっている。部隊の強化で、もう少し楽になるといいが」

第一海上護衛隊は、来月一日に規模を拡大して、護衛艦隊に再編される。艦艇は一気に増える予定で、これまでのように輸送船を守るだけでなく、事前に敵の進出を察知し、積極的に攻撃もできる。

「思ったよりも早く艦隊が創設されましたね。その点は助かります」

「情勢が変わったからな。海軍の油槽船がパレンバンやスマトラに自由に入港できるようになって、原油の輸送量は格段に増える。油槽船の融通も利くようになった。ならば、態勢を整えるのは当然だろうな」

「七・二八事変の影響ですかね。正直、詳しいことはよくわからんのですが」

「俺も、そのあたりはさっぱりだ。海軍部も忙しいらしく、参謀の一人も寄越さない。それでいてやれることはやれと言う。面倒なこと、このうえない」

井上も、同期の大野一郎《おおのいちろう》が揚子江方面特根司令官に任命された時、海南島に寄って話をしてくれなければ、事情をつかむことができなかった。

「護衛艦隊を創設して艦艇が増えるのはありがたいが、現状では人手も物資もまるで足りない。これでなんとかしろというのは、いささか厳しい」

「新型艦建造の噂もあります。護衛用駆逐艦を投入するとか」

「聞いているが、間に合うのか」

大野と話をした時、鯱《しゃち》型と呼ばれる駆逐艦を建造すると計画があると言われた。

小型で速度は遅いが量産が利き、護衛任務には向いているということだった。

「それならば、従来の海防艦を増産したほうがよいのではないか。占守《しゅむしゅ》型を簡略化して量産すれば、十分に対抗できる」

護衛部隊にほしいのは、輸送船団と行動をともにし、早期に敵潜水艦や航空機を発見、撃退できる艦艇だ。

それは海防艦でも十分に間に合う。今は性能よりも数であり、新しい艦艇を開発するよりは量産のペースをあげてくれるほうがありがたかった。

「おっしゃるとおりで、私も同意します。ただ、ここは受けいれざるをえないでしょう。国内の混乱はまだ収まっていないですし、米軍の動きも活発になっています。

報告を聞くかぎり、ミッドウェー方面での通信量が増えています。今は何があってもおかしくない状況です」

「米軍のミッドウェー奪回作戦、あるのか」

「可能性は排除できません。米軍は積極的ですから」

「潜水艦による通商破壊作戦も、かなり思い切った策だからな。動くかもしれないな」

当然、連合艦隊も対応するわけで、情勢は一気に流動化する。ならば、護衛艦隊の創設は素直に歓迎するべきなのか。

規模を拡大するのだから、少なくとも輸送船団を守ろうという意志はある。つまらぬ引き抜きを警戒するよりは、少し苦労してでも南シナ海の護衛体制を強化すべきなのか。

「今後の展開次第では……」

井上の言葉は、艦内通話の呼び出し音に打ち消された。山口があわてて受話器を取る。

「参謀長だ。どうした。そうか……わかった。今、行く」

受話器を戻すと、山口は井上を見た。

「米潜水艦がブルネイ沖に姿を見せました。どうやら我が方の油槽船をねらっている模様」

「向こうに、海軍の油槽船はいないはずだが」

「陸軍の船をねらっているのでしょう。思うところはありますが、貴重な油を運ぶ船です。対策は講じるべきかと」

「わかった。艦橋にあがろう」

井上は山口を伴って作戦室を出た。

矢継ぎ早に情報が入ってくる現状では、先のことを考えるのはまだ無理だった。

3

一〇月二八日　ソロモン諸島北東六〇〇カイリ

木梨鷹一《きなしたかかず》少佐は発令所に入ると、潜望鏡をまわす士官に声をかけた。

「どうだ」

「敵艦隊、確認しました。空母一、重巡一、駆逐艦多数」

「代われ」

士官が下がったところで、木梨は潜望鏡をのぞきこんだ。

狭い視界に夕陽を浴びた艦艇が浮かびあがる。右隅を航行するのが空母で、それに貼りつくようにして重巡が航行する。

木梨が潜望鏡をまわすと、別の重巡が視界に飛び込んでくる。その奥にも艦艇がいるが、距離があって艦種はよくわからない。

「空母はサラトガだな。奥にも空母がいるようだが、確認はできん」

木梨が潜望鏡から離れると、かたわらの士官が話しかけてきた。航海長の阿部恒司《あべこうじ》大尉だ。

「接近しますか」

「今は無理だ。向こうも警戒している。あと一時間、貼りついて敵艦の進路を確認したところで離脱。司令部に状況を報告だ」

「まさか、こんなに早く米軍が行動をはじめるとは。しかもこんな海域で」

「アメ公をなめちゃいかん。やるべきことはやってくる連中だ」

九月下旬から米軍は活発に行動しており、連合艦隊麾下の艦艇は対処に追われていた。

とりわけ動きが目立ったのは中部太平洋で、ミッドウェー島には連日のように飛行艇が姿を見せ、基地の建設状況を探っていた。

重巡の展開も確認されており、近いうちにミッドウェー奪還作戦がはじまるのではという声もあがっていた。

しかし、連合艦隊司令部はミッドウェーには最小限の手配しかせず、南太平洋の警戒を強化していた。

第六艦隊も麾下の潜水艦をソロモン諸島の近海とフィジー、サモアの北方に展開し、中部太平洋にはわずか三隻を送り込んだだけだった。

あまりにも数が少ないので、もしミッドウェー に敵が来たら危険だと思っていたが、正しかったのは連合艦隊司令部だったようだ。

「目標はどこだろうな。ガダルカナルか」

「そう判断します。飛行場には我が方の飛行隊が進出しており、放置しておけばニューカレドニアやエスピリトゥサント島が攻撃を受けると判断しているのでしょう。一撃をかけたいと考えるのは当然かと」

「叩くだけですめばいいがな」

「米軍が上陸してくると」

「やられて、じっとしているような連中ではない」

「確かに、黙って引っ込んでいるとは考えにくい」

ミッドウェーで敗れたにもかかわらず、米軍は潜水艦や空母を使った攻勢をつづけている。

南シナ海には潜水艦が進出し、海上護衛隊と死闘を繰り広げているらしい。

「できることなら、こちらから一撃をかけたいが」

「今、やりますか」

「いや、さすがに報告が先だろう。攻撃は機会をみてということになるな」

優先順位を誤るわけにはいかない。

連合艦隊司令部は敵の陣容を知らないわけで、対策を練るには報告が必要だった。

木梨は潜望鏡をあげると右に振った。

駆逐艦が穏やかな海面を疾駆している。そのまま左に消えるかと思われたが、ぎりぎりのところで突如、転進した。

新たな進路は南。彼らに向かって突き進む。

「まずい。発見された。駆逐艦が来るぞ」

木梨は潜望鏡を下ろした。

「急速潜航！　深度六〇につけ。すぐに爆雷攻撃が来るぞ」

阿部が操舵手に命令を伝えると、急速に艦首が下に向く。さながら坂道を転げ落ちるようにして、伊一九号は潜水する。

轟音が響いたのは、その三分後だった。

4

一〇月二九日　大和作戦室

「長官、伊一七号から報告が届きました」

メモを持ってきたのは、通信参謀の和田雄四郎《わだゆうしろう》中佐だった。

「米艦隊発見、ガダルカナル島北東五〇〇カイリ。進路二四〇。空母二隻、重巡二隻、駆逐艦多数とあります。昨日、伊一九号が発見した艦隊です。ソロモン諸島に接近する動きを見せております」

「やはり来たか」

山本五十六はテーブルに手をついた。視線は自然と地図に向く。

「参謀長、どう見る？」

「目標はガダルカナルで間違いないでしょう。空母部隊で基地を叩き、ソロモンへの進出を封じるつもりでいます」

連合艦隊参謀長、宇垣纏《うがきまとめ》少将も地図を見ていた。そのふるまいはいつもと同じで、どこか傲慢な雰囲気がある。

かつての山本ならば、耐えきれなかっただろう。地位は天から与えられたものと考える山本にとって、むやみに威張り散らす人間は好きにはなれなかった。

しかしミッドウェー海戦後、宇垣と語り合ってその真意を知ってからは、彼のやり方を受けいれるようになった。

今では毛嫌いすることなく、自然に顔をあわせて話ができる。

「空母三隻を失っておとなしくしているかと思ったら、そんなことはなかったか」

「本格的な基地が建設されたら、米軍といえども苦しいでしょう。その前に叩くのは常道かと」

「我々の混乱を知って、先手を打ってきたのかもしれん。いまだ内地は落ち着いたとは言えぬ。まだ我々が態勢を整えていないと判断して、ソロモン諸島へ攻勢をかけてきた可能性もある」

「だとしたら、こちらの思う壺です」

発言したのは顔がまっ黒に汚れた士官だった。

歯は煙草のヤニで黄色に染まっている。

防暑服も薄汚れているが、いっこうに気にする気配はない。

先任参謀の黒島亀人《くろしまかめと》大佐である。

仙人参謀の異名を持つ男は、地図を見ることなく、カン高い声で話をつづけた。

「我々は機動部隊をラバウル方面に送り込み、いつでも迎撃できる態勢を整えております。

米艦隊がソロモン方面に侵攻すれば、航空戦の絶好機。正面から戦いを挑み、撃破すればよいでしょう。数では我々が上ですから、ミッドウェーと同じで鎧袖一触《がいしゅういっしょく》にできます」

「ミッドウェーでは加賀を失い、飛龍も大破しておる。大事なことを見落とすな」

宇垣がたしなめても、黒島は気にすることなく話をつづけた。

「対策は練っていますので、問題はありません。事実、我々は米軍の偽電を見抜いて、中部太平洋への進出を取りやめました。敵の先手を打っており、うかつな奇襲を受けることは考えられません」

ミッドウェー海戦の時、米軍は三隻の空母を投入して機動部隊を迎え撃った。

結果的には勝利したものの、あまりにも鮮やかな手並みに、山本は暗号漏洩を疑った。

当初、海軍部は否定したが、山本の強い要請を受けて、今回、わざとミッドウェーの防御を強化するため艦隊を動かすという暗号電文を打った。

すると、即座に米軍艦隊は南太平洋に展開し、ソロモン諸島をねらう姿勢を見せた。

暗号は解読されており、米軍はこちらの意図を読んで、ソロモン方面に進出した。

中部太平洋の通信量が増えたのも、海軍部や連合艦隊を引っかけるための策だった。

「負けるはずがありません」

黒島は言い切った。

自信たっぷりの言いまわしだったが、とうてい信じる気になれない。

ミッドウェー以降、山本は宇垣への信頼を高める一方で、黒島の能力に疑念を持つようになった。

アメリカに勝つには特異な思考が必要ということで手元に置いたが、読み違えが多すぎる。

勝手に敵の方針を決めつけ、それ以外の作戦を頭から否定してしまう。だから、先手を取られた時に問題が起きる。

期待していた奇策も、思いつきのレベルに過ぎず、どう修正しても実戦に応用するのは無理だった。

山本は出撃前に黒島を代えるつもりだったが、七・二八事変の混乱で間に合わず、結局、ミッドウェーと同じ陣容で出撃することになった。

「米軍がガダルカナルの飛行場を叩くとなれば、その時、敵空母部隊はソロモン諸島に最も接近します」

作戦参謀の三和義勇《みわよしたけ》中佐が地図を指で示した。

「おそらくガダルカナルの北方、このあたりに展開するはずです。

我が方としては、米空母がソロモンに接近したその機会をねらって機動部隊を投入、航空戦に持ち込むべきです。先任のおっしゃるとおり、数では上です。確実に押していけばよいかと」

「先手を取って、ソロモンの東に機動部隊を投入してはどうか。うまくやれば、ガダルカナルの基地航空隊とも連携が取れる」

「それですと、米軍の基地航空隊から攻撃を受けるかもしまれせん。ニューヘブライズ諸島には米軍の飛行場が建設されており、艦攻、艦爆が展開しています。

また、ニューカレドニアのヌーメアには陸軍航空隊の重爆も進出しており、うかつに前進すれば、この部隊に爆撃されるおそれもあります。危険は避けるべきでしょう」

「ここはガダルカナル防衛を優先するべきかと。その後のことは、米空母部隊を撃退してから考えましょう」

三和につづき、宇垣に説得されて山本はうなずいた。

「わかった。今は米空母の撃退に全力をあげよう。敵が来るのであれば、その時を待てばいい」

あとはまかせると言い、山本は作戦室を出た。

その時、室内を見回す。

一瞬、参謀長と視線がからんだ。

＊

山本が長官室に戻ってから五分後、宇垣が姿を見せた。思わず山本は笑う。

「ああ、すまなかったな。あんな呼び出し方で。他の参謀に俺たちが顔をあわせていると知られたくなかったのでな」

「あれぐらい見抜けぬようでは、女房役は務まりませんよ。もう少し私を信じていただきたいですな」

宇垣は笑った。こんな表情もできるのかと思うほどの澄んだ笑みだった。やはり胸襟《きょうきん》を開いて語り合うことは大事だ。

山本が席を勧めると、宇垣は彼の前に腰を下ろした。

「話は、今回の作戦についてですか」

「そうだ。あれでよかったか」

「かまわないと思います。私はもともとFS作戦を押していましたから。ガダルカナルを守った上でフィジー、サモア方面に進出するのが最適と考えます」

FS作戦は、第二段作戦の一環として大本営海軍部が立案した作戦で、ラバウルからソロモン諸島を経て、フィジー、サモアに進出し、アメリカとオーストラリアの連絡を絶ちきるところに戦略目標を据えていた。

成功すれば、連合軍の協調に打撃を与えることができるが、その一方で、フィジー、サモアは内地から離れすぎており、目標を達成するのは困難という見方もあった。

連合艦隊司令部も懐疑的な目で見ており、どうせ進出するなら、ミッドウェー、ハワイ方面へ向かうべきと主張して、海軍部と対立していた。

ミッドウェーでの勝利により、中部太平洋が落ち着いたのを見て、海軍部がFS作戦の実施を主張して今回の出撃となった。

「正直、今ならハワイ作戦を実施できたかな」

「不可能ではありませんが、兵站や上陸部隊の輸送も考えれば、制圧は無理でしょう。米軍の抵抗も強く、思わぬ打撃を受ける」

「ハワイ王室の血を引く者がいれば、内から崩すこともできよう」

「政治工作をおこなうなら、事前の準備が必要です。残念ながら、今の我々にそこまでの手配はできません」

「そうだな。無茶が過ぎるか」

山本は苦笑した。

早期講和のために先手を取っていきたいという思いはあるが、今は手堅く作戦を進めていくべきだろう。

内地の混乱はまだ収まっておらず、態勢を整えるには時間がかかる。

騒動の原因は山本自身にあり、それが自分でもわかっているだけに、強く意見を主張するのはためらわれた。

「この三ヶ月は、とんでもない忙しさだったしな」

「はい。やむをえないとはいえ、振りまわされました。考える時間もなく東に西に飛びまわり、問題の解決にあたる有様で。むしろ内地を離れた今が一番落ち着いています。これほど出撃がうれしかったのははじめてですよ」

「同感だな」

山本は過去に思いをはせる。といっても、それはわずか数ヶ月前に過ぎない。

＊

七・二八事変は、政府および海軍関係者に大きな衝撃を与えた。

陸海軍の対立は肌で感じていたが、まさか海軍のトップを暗殺するほど激化していようとは思いもよらなかった。

陸軍首脳部がかかわった事件に、政府はひどく混乱した。

この事態に、最も早く対応したのは宮中だ。天皇が自らリーダーシップを発揮して意見を述べ、状況打開のための策を講じたのである。

米内光政を呼び出したのも、その一環だった。天皇は、米内の政治力と人間性を高く評価しており、政府と軍部のとりまとめを彼に命じた。その一方で近衛師団を動かし、陸軍が暴走しないように手を尽くした。最悪の場合は、自分が先頭に立って襲撃部隊を鎮圧するとまで述べていた。

宮中が落ち着くのにあわせて政府も動き出し、海軍と連絡を取って暗殺計画関係者の捕縛にあたった。

大本営や陸軍省、教育総監の将校が続々と捕らえられると、事件の全容が明らかになり、陸軍の立場は一気に悪化した。

教育総監の山田乙三大将や作戦部部長の田中新一少将が率先して計画を推し進め、大本営の参謀が実働部隊を動かしていたとあっては、言い訳のしようがない。

事情を知って天皇は激怒し、徹底的な粛軍を命じた。

たとえ内乱が起きることになろうとも、陸軍の政治関与を排除し、国体を本来あるべき姿に戻すため、自ら国家再建計画を立案し、実施すると語った。

あわてて米内は参内し、政府が先に立って改革を進めることを約束した。

急ぎ計画が立案され、八月上旬には第一段として議会を解散し、緊急総選挙を実施することが決まった。陸軍と関係の深い議員を排除し、議会の機能を向上させる一手だ。

これにあわせて米内が正式に首相に任じられ、陸軍の影響力が最小限の内閣が発足した。

一時、陸軍は抵抗したが、天皇が文句を言うのならば自分が陸軍大臣に就くと述べたため、たち

まち沙汰止みとなった
強烈な粛軍を受け、国内政治は海軍と重臣会議、宮中が中心になって進める形となった。

状況を考えれば、海軍の発言力が強大になるが、天皇と米内が話しあった結果、この体制はあくまで戦時中だけの特例措置で、戦争終結後は議会中心の政治に戻すと決した。

八月半ば、政府の陣容が整ったところで、いよいよ陸軍改革がはじまった。

まず手を打ったのが、関東軍の解体と主力部隊の内地への帰還だった。

天皇と米内は、満州事変が陸軍下剋上の中心にあると考えており、その象徴である関東軍をねらい撃ちにした。

陸軍内で改革を担ったのは南方軍の司令官本間《ほんま》雅晴《まさはる》中将で、新たに創設された派遣軍の司令官として満州に赴くこととなった。

同時に、南方軍総司令官だった寺内寿一《てらうちじゅいち》大将を日本本土に戻して帰還した関東軍を再編し、新たに太平洋軍を創設することが決まった。

主敵は米軍と考えてのことで、ソ連への備えは当面の間、棚上げとなった。

この間に陸軍の人事改革もおこなわれ、大臣には参謀総長だった杉山元が就いた。

一時は部内をまとめきれなかったということで予備役にまわるはずだったが、米内の説得を受けて陸軍再建に力を貸したのである
参謀総長には、かつて陸軍の三羽烏と言われた小畑敏四郎《おばたとしろう》が現役復帰して就任した。

教育総監の地位もしばらくは小畑が兼ね、実質的な業務は教育総監部本部長の黒田重徳《くろだしげのり》中将が取り仕切る。

一〇月になっても、いまだ陸軍の改革は進行中で、部隊の移動もはじまったばかりだった。

山本が出撃する一〇月一〇日までの間、日本の政治体制はかつてないほど乱れた。収束には長い時を必要とするだろう。

「こんな時に東京を離れて申し訳ない気もするがな」

山本の言葉に宇垣は真面目な表情で応じた。

「私も気になるところはありますが、米海軍が活発に動いているとなれば、無視はできないでしょう。ソロモンに米軍の手がかかるとなれば、米豪遮断作戦はおろか、ラバウルの保持も困難になります」

「まあ、陸海軍の協調体制を築くことができたからな。その点ではよしとするべきか」

陸軍首脳部が大幅に入れ替わり、その政治力が激減したことで、陸軍と海軍の関係は大きく変わった。

戦争の主導権は海軍が握り、大本営では海軍主体の作戦計画が立案されるようになった。

油槽船の割合も大幅に見直され、パレンバンやスラバヤに海軍士官や軍属が派遣されて、海軍向け原油の送還が優先的に実施されることとなった。

原油以外でも、資源の配分は企画院を通じて適正におこなわれるようになり、陸軍の横槍は完全に止まった。

「これも長官のおかげですな」

宇垣は小さく笑った。

「陸軍と無駄な争いをすることなく、資源を確保できます。予算も大幅に増えましたし」

「冗談はよせ。こっちは命を落としかけたんだ。連合軍相手ではなく、身内に殺されたのではたまらんよ」

山本は容色を改めた。

「それに、ここまで海軍中心の体制を築いたからには負けることは許されん。陸軍が邪魔をしたという言い訳は通じないのだからな」

「わかっております」

宇垣の表情も硬くなった。

一〇月上旬までの短い間に、海軍は矢継ぎ早に新計画を打ち出した。

まずは失った加賀の穴を埋めるため、大和型三番艦の信濃《しなの》を正規空母に改装することが決まった。改飛龍型の天城《あまぎ》型空母も計画が全面的に前倒しとなり、資源や人材が優先的に配分されるように手続きが進められた。

さらには海軍予算増額に伴い、来年八月までに台湾の高雄に官営の新型ドックと造船所を建設し、それから三ヶ月以内に駆逐艦数隻と軽巡一隻を試験的に建艦する計画が発動となった。

将来は軽空母の建造もおこなう予定だ。

呉の大ドックでも新型空母の建造をおこなう。

とにかく空母は最短期間での竣工を目論んでおり、人員も物資も最優先でまわす予定だった。

陸海軍の各種装備共用化についても計画が進んでおり、山本が出撃した時点で、八センチ高角砲が陸軍の八センチ対戦車砲として採用されることが決まっていた。

昆《ビ》式一二ミリ機銃も、重機関銃として運用するための試験がはじまっていた。

意趣返しなのではと思うほど、海軍省は次々と要求を突きつけ、そのほとんどを陸軍省や参謀本部に認めさせた。

新しい戦争大綱の素案も作成され、これまでの南北併進の国防計画は事実上、破棄。主敵は米軍で、主戦場は太平洋と定められ、対米戦を完遂するための体制が最優先で整備されることとなった。

大和がトラックまで進出できたのも、燃料の問題が解消されたためだ。

「それだけに海軍の責任は重いぞ。予算も物資もまわしてもらって、あっさり負けたのでは立つ瀬がない。全力で立ち向かって、なんとか互角の勝負に持ち込むしかないからな。さすがに博打《ばくち》を打つ余裕はない」

「だから、FS作戦に同意されたのですか。あれほどハワイにこだわっておられたのに」

「MI作戦の時は譲ってもらったからな。今度はこちらが妥協してもいい。それに国内が動揺している今では、大作戦は危険すぎる」

山本はあえてハワイ作戦を封じて、長期不敗体制の構築を優先した。それは、海軍に与えられた責任を果たすためでもあった。

「ソロモン諸島を保持した上で、できるだけ早くフィジー、サモア方面に進出する。せっかく海軍部が用意してくれた作戦だ。ここは乗っておくさ」

「その後は、その後ですな」

「ああ。勝利すれば、いよいよ本番を考えてもいいな」

山本が笑うのと、長官室の扉が叩かれるのは同時だった。飛び込んできたのは和田参謀だった。

「長官、海軍部から通信です。ソロモン諸島に連合軍艦艇が集結しつつあり。連合艦隊は即座に反撃に転じよと」

「連中もしびれを切らしたらしいな。早々に動かんと、四〇センチ砲弾を撃ちこまれるかもしれん」

「やりましょう。思いのほか、敵の動きは速いようで。油断しているとやられかねません」

「そうだな」

山本は立ちあがった。

彼我《ひが》の位置関係を再確認する。その上で作戦に従って部隊を動かす。

まずは、空からだ。

5

一〇月三一日　ラバウル北東三〇〇カイリ

南雲が振り向くと羅針艦橋につながる扉が開いて、先任参謀の高田利種《たかだとしたね》大佐が飛び込んできた。手にはメモがある。

「長官、GF司令部から通信です。ソロモン諸島沖に米空母二隻進出を確認。ガダルカナル島に攻撃をかけると思われる。機動部隊は即座にソロモン諸島に進出し、これを撃退せよ。以上です」

南雲はメモを一瞥《いちべつ》した。

昨日の時点で敵空母の進出は確実視されており、司令部では攻撃計画を立案していた。

「よし。ソロモン諸島に向けて前進。敵空母を撃退する」

赤城の羅針艦橋に緊張感がみなぎる。

数では味方が優っているが、ミッドウェーの先例もある。油断はできまい。

青木艦長が指示を下すと、空母赤城は進路を南東方向に取った。潮風が身体に突き刺さる。

「位置を確認したいな。参謀長と航空甲参謀は？」

「下の作戦室です。呼んできましょうか」

「いや、いい。君も敵艦隊の位置はわかっているだろう」

「報告は読んでおります」

「なら、教えてくれ」

南雲が海図台に歩み寄ると、高田がその脇に立って話をはじめた。

「敵艦隊は、ソロモン諸島の北方四〇〇カイリに展開しております。伊一九について、伊一七も接触していますから、間違いないでしょう。

米艦隊はこれまでの動きから見て、GFが見立てたとおりの行動を取るかと」

「ガダルカナルへの攻撃か。確か、飛行場があるのだったな」

「はい。零戦と一式陸攻、あとは足の長い艦攻が進出し、周辺海域の偵察にあたっています。ツラギには飛行艇も展開して長駆、オーシャンやナウルの偵察にあたっています」

「米軍にとっては頭の痛い話か」

「脅威に感じるでしょう。いわゆる米豪連絡線はハワイ、パルミラ、サモア、フィジー、ニューカレドニア、ブリスベーンという拠点を結ぶ形で成立しています。

我々がソロモン諸島に進出すれば、フィジーやニューカレドニアが危険にさらされる。そう判断するはずです」

「その前に、ガダルカナルを叩くと」

「米軍としては、逆に制圧して前進基地を築きたいと思っているでしょう。ソロモンまで押し返すことができれば、連絡線への脅威は激減します」

高田は海図を指し示しながら説明した。おかげで手に取るように状況がわかる。

高田は前職の大石保《おおいしたもつ》参謀と入れ替わる形で、機動部隊の先任参謀に任じられた。

南雲は陣容を変えるつもりはなかったが、加賀を失い、飛龍が中破した責任を取りたいと大石が申し出たのでやむなく許した。

高田は海兵四六期の逸材だが、陸上での勤務が長く、艦隊参謀としての能力は未知数だった。

実際、草鹿や源田の評価は低い。

しかし南雲は、言うべきことは言い、聞くべきことは聞く高田の態度を好ましく思っており、率先して話しかけるようにしていた。

高田は蒼龍の副長を務めた経験もあり、南雲にとってはよき教授役となっていた。

「距離から見て、米軍は明日の早朝、ガダルカナルの基地を叩くでしょう」

「我々は間に合わないな」

「やむをえません。ただ、位置は把握していますから捕捉は容易です。全力攻撃で敵空母に仕掛ければ、数の面から見ても我々は優位に立てます」

南雲が率いる機動部隊の主隊は赤城、蒼龍、翔鶴《しょうかく》、瑞鶴《ずいかく》の四隻を中心にして編成されている。

敵空母は二隻なので数で圧倒していた。

「不利とわかっていて、米空母部隊はソロモン周辺にとどまるだろうか」

「我々に気づけば、早々に退却するかもしれません。ただ今のところ、欺瞞《ぎまん》電文で機動部隊は動きを隠しています。うまく接近すれば、敵が逃げる前に叩けます」

連合艦隊司令部は暗号が破られている状況を逆手に取り、偽電で機動部隊がミッドウェー方面に向かっているように見せかけている。

今のところ、米軍はこちらの動きに気づいておらず、ソロモン方面に部隊を集めていた。

「あとは支隊だな。これをどうするか」

「できることなら……」

そこで高田は言葉を切った。視線が南雲の背後に向く。

振り向くと、草鹿と源田が艦橋にあがってきたところだった。

「長官、敵空母部隊の件、聞きましたか」

草鹿の問いに南雲は穏やかに応じた。

「ああ、今、先任から報告を受けていたところだ」

「そうですか。なら、話が早いですな」

草鹿は目を細めて高田を見た。余計なことをと言いたげな様子に、南雲が割って入った。

「私の質問に答えてもらっていただけだ。話を聞くかぎり空母の位置は、はっきりしていると見た。

ならば積極的に仕掛けるべきと考えるが、どうか」

草鹿は一瞬、遅れて返答した。

「同意します。今回も数で上回っているので、心配はないでしょう。ミッドウェーの時より楽な戦いになります」

「侮るな。ミッドウェーで加賀を失ったことを忘れるな。準備は整えておくべきだ」

南雲は横目で海図を見た。

「支隊を南へまわす。うまくやれば、敵空母部隊を挟撃できよう」

「さすがに無駄ではありませんか」

源田を目を吊りあげて反論した。

「主隊だけで十分に撃破できます。支隊は珊瑚海の警戒にあたらせればよいでしょう」

「いや。米軍が何の対策もなく、ただ前進してきたとは思えない。空母部隊を強化している可能性もある。ここは万全を期すべきだ」

南雲は意見を曲げなかった。

以前なら航空に無知ということで、草鹿と源田に丸投げで口を出すことすらなく、言うがままに命令を出していた。

だが、ミッドウェーで自ら艦載機を繰りだす判断を下してから、南雲は自信を持って自分の意見を言うようになっていた。

拙速でも積極策に出れば敵に打撃を与え、勝利をつかむことができる。

航空も水雷も戦いに変わりはない。

大事なのは機を見て敏に動くことで、それがわかっていれば怖いことはない。

南雲がにらむと源田は沈黙した。

代わって草鹿が発言した。

「わかりました。では、支隊は南方からまわしましょう。ただ、全力攻撃ですと潜水艦に発見される恐れがありますので、半分でよろしいかと」

「わかった。まかせるので作戦の立案を頼む。すぐにも航空戦がはじまる。急いでくれ」

南雲は視線を正面に向けた。急変を告げる伝令が飛び込んできたのは、その直後だった。

6

一〇月三一日　ガダルカナル島上空

ジョージ・L・レン少尉は、ドーントレスが飛行場上空に飛び込むのを見て、思わず声を張りあげた。

「行け。飛行場をやっちまえ！」

濃紺の艦爆が基地の右から進入して爆弾を投下する。大きな土煙があがって、滑走路が視界から隠れる。

レンがゆるやかに旋回して再び基地上空に入ると、ようやく土煙が消えて滑走路中部に大きな穴があいているのが見えた。

これで敵航空機があがってくることはない。

「どんどん、やっちまえ。日本機など叩きつぶせ」

ドーントレスはつづけざまに基地上空に突入し、爆弾を落としていく。

一発は駐機中の機体に命中し、もう一発は搭乗員待機所とおぼしき建物を破壊した。煙は増える一方で、ドーントレスの攻撃は面白いように日本軍の基地を破壊していく。

「ざまを見たか。ミッドウェーの敵《かたき》だ」

一四二四、レンはVF‐5の仲間とともに空母サラトガを出撃、ソロモン諸島へ進出した。

航空攻撃は奇襲を防ぐ意味で早朝にかけることが多いが、彼らはあえて日中の攻撃を決断した。

日没後の帰還も覚悟の上だ。

意表をついたこともあり、攻撃隊は迎撃されることなく敵基地上空に突入し、攻撃をかけた。

基地施設はたちまち破壊され、彼らは目的を達成できた。

レンが操縦桿を引いて高度を取ると、右前方で敵味方の戦闘機が戦っていた。

味方はＦ４Ｆ、敵はゼロだ。

ゼロは低空に誘い込もうとするが、Ｆ４Ｆは乗らず、上空からの一撃離脱に徹している。

命中弾はないものの、味方は有利な位置を保っている。

左下方ではＦ４Ｆが二機で、ゼロを追っていた。一機が攻撃にあたり、もう一機が後方を守る。

ゼロが逃げようとすれば、後方の機体が前に出て動きを牽制する。

ヨークタウンの戦闘機パイロット、ジョン・サッチ大尉が編み出したサッチ・ウィーブだ。

残念ながら、サッチ大尉はミッドウェーで戦死したが、彼の教えは全軍に広まり、ゼロと戦うための手段として用いられている。

完璧に使いこなすまでには時間がかかるだろうが、以前のようにやられるだけではない。

レンは改めて旋回し、基地上空に進路を取る。

直後、レシーバーに絶叫が轟《とどろ》いた。

「助けてくれ。ゼロにねらわれている！　くそっ、ふりきれない！」

レンが左右を見回すと、海上でゼロに追われているＦ４Ｆが見えた。

同じＶＦ‐５のアンドリュー・スミス少尉だ。年が近いこともあり、いっしょに食事をすることも多い。

「待っていろ。今、助けてやるからな」

レンは機体を傾け、滑るようにして降下する。

太陽の位置を確認して右に旋回した時、ゼロはすでにスミスの後方にまわり込んでいた。

距離は一〇〇フィートも離れていない。

「ダイブだ。下に抜けてかわせ！」

レンが叫んだ時、ゼロが機銃を放った。

曳光弾はコクピットの風防を砕く。

がくんと前にのめるようにして機体が沈み込み、そのまま海面に向かう。

助けを求める声は、もう聞えない。

「おのれ！」

レンは後方にまわり、機体がガンサイトに収まったところで、発射ボタンを押した。弾丸は宙をつらぬくだけで、機体にはかすりもしない。

距離が遠すぎる。もっと近づかないと。

レンが操縦桿を押した時、レシーバーに雑音混じりの声が響く。

「ジョージ、後ろだ！　ゼロが来る」

中隊長のスタンレー・W・ヴェイタザ大尉だ。

珊瑚海でも戦ったベテランで、その技量はサラトガ搭乗員屈指である。

レンが後方を見ると、ゼロがちょうど旋回を終えて飛び込んできたところだった。

機銃弾が周囲をつつむ。

「やらせるか！」

レンは操縦桿を押して降下する。Ｆ４Ｆは機体の重さを生かして増速する。

なおも機銃弾が襲うが、先刻よりは数は減っている。

このまま振り切ってやる。簡単に落とされてなるものか。レンは右に急旋回して、ガダルカナル島上空に飛び込む。

すれ違うようにしてドーントレスが基地上空に姿を見せ、爆弾を投下するために降下していく。

その動きは滑らかだ。

7

一〇月三一日　サラトガ艦橋

ウィリアム・ハルゼーが艦橋に戻ると、すぐさま書類を手にした士官が歩み寄ってきた。

表情は硬く、顔色も悪い。

ハルゼーの部下であり、第二二任務部隊《TF22》の参謀長を務めるロナルド・Ｍ・ダンカン大佐だ。

「お疲れさまです、長官。パイロットの様子はいかがでした？」

「意気軒昂《けんこう》だったな。ここのところ守ってばかりで、攻勢に出ることはほとんどなかった。自ら日本軍の基地を攻撃して、手応えを感じているようだ」

「被害は」

「撃墜が三、未確認が二。それなりに出た」

ハルゼーは指揮官用の席に腰を下ろした。

朱色の輝きがサラトガの艦橋を照らす。

日は沈みかかっており、東の空は夜の闇につつまれている。星の輝きも増えていて、二〇分もすれば飛行甲板の視認は困難になろう。

「あと一時間、探照灯で周囲を照らして未帰還の機体を待つ。その後は北方に退避、明日以降の作戦に備える」

「敵潜水艦が展開している可能性もありますが」

「警戒を厳にするしかあるまい。大事なパイロットを見殺しにはできんよ」

ハルゼー麾下のＴＦ22は一四三〇から攻撃隊を放ち、ガダルカナルの日本軍基地を攻撃した。

第一次攻撃隊は五二機、第二次攻撃隊は二八機で、日本の航空隊を圧倒、飛行場の破壊に成功した。

先刻、ハルゼーは搭乗員待機所に赴き、帰還したパイロットを激励してきたところだった。

彼らの笑顔を見て、ハルゼーは攻勢に転じたのは正解だったと確信していた。

「奇襲はうまくいった。これでしばらく、敵は出てこないだろう」

「報告は受けています」

「できるなら、明日も攻撃をかけたいな。もう一撃しておけばガダルカナル島の基地は当面、使用不能だ。エスピリトゥサントやニューカレドニアが脅かされる心配はない」

「ですが、日本潜水艦が周囲に展開して我々の動向を探っています。場合によっては、日本空母部隊が姿を見せるかもしれません」

「ミッドウェー方面はどうだ？　敵の動きはないのか」

「ありません。どうやら、罠には引っかからなかったようです」

「猿は猿なりに頭を使っているか。まあいい、そうそう思ったようにはいくまい」

ハルゼーは指で顎《あご》をなでた。

太平洋艦隊はミッドウェーの大敗後、総力をあげて立て直しを図っていた。

艦艇や艦載機は、どうとでもなる。

問題は人材だった。

ミッドウェー海戦では、将兵を数多く失った。

親友のスプルーアンスはアメリカ海軍を支える有能な人材であったし、ハルゼーの参謀長を務めていたマイルズ・ブローニングも信頼に値する人物だった。

エンタープライズの艦長だったジョージ・D・ミュレーも素晴らしい指揮官だった。

空母が打撃を受けたため、パイロットも多くの者が帰還できず、虚しく命を散らしていた。

艦隊司令部では、本土のみならず、大西洋艦隊から人材を集めて再建をおこなったが、思ったようには進まなかった。

うまくいかない状況に将兵は不満を募らせ、殴りあいの喧嘩が生じることも日常茶飯事だった。

流れが変わったのは八月下旬、ハルゼーがサラトガを率いてマーシャルを奇襲してからだ。

攻撃は一回で、しかも戦果はマーシャルの飛行場を破壊するだけにとどまったが、自らの手で攻撃できたということで、士気は一気にあがった。

訓練にも身が入るようになり、TF22のパイロットはまたたくまに腕をあげた。

これならとハルゼーが思っていたところに、合衆国艦隊司令部からソロモン攻撃の命令が出た。

オーストラリアとの連絡線を確保するためにガダルカナル島を攻撃。日本艦隊を排除した後、海兵隊を送り込んで前進基地を作るという作戦だった。

本格的な反攻作戦とあって、ハルゼーは意気込んで南太平洋に赴いた。フィジーでワスプの到着を待ち、一〇月二四日に出撃した。

マーシャル、ギルバートへ向かうと思わせるために大回りしてソロモン諸島に接近したが、幸い今のところ日本艦隊の反撃は受けていなかった。

「日本空母部隊の動きが気になります」

ダンカンはハルゼーのかたわらに立つと、書類をめくった。

「ソロモン海に小型空母が展開しているようです。ポートモレスビーの警戒でしょうが、状況次第でソロモン方面に進出してくるでしょう。

大型空母は現在、中部太平洋に展開しているとのことですが、我らの作戦に呼応して、ソロモン方面に姿を見せるかもしれません」

「大型空母は厄介だな。四隻だったか」

「はい。大型空母の攻撃力は侮れません。万が一にも、我々は空母を失うわけにはいきませんので、早めの対処が必要かと」

「だが、簡単にソロモンから下がるわけにはいかん。連絡線は保持せねばならないし、なによりも士気にかかわる」

「無理は危険です」

「わかっている」

ハルゼーは視線をそらした。

どうも参謀長のダンカンとは意見があわない。

こちらが積極攻勢を主張するのに対し、ダンカンはディフェンス重視で、無理な作戦には難色を示した。

ガダルカナル島への攻撃すら、一回限りにして早々に撤退すべきと語ったほどだ。

空母がいかに重要であるかは、ハルゼーが最もよく知っている。

場所に縛られず自由に攻撃をかけ、作戦が終わったら即座に撤退。相手が艦艇であれ、基地であれ、総攻撃をかければ大きなダメージを与える。まさに移動基地であり、たやすく食い止めることはできない。

真珠湾、珊瑚海、ミッドウェーの戦いを経て、空母部隊への認識は高まる一方だ。

ハルゼーとしてもサラトガ、ワスプの二隻を失うつもりはまったくない。

その一方で、ソロモンへの攻撃を手控える気もなかった。

太平洋艦隊司令部からの命令であるし、なによりここで安易に後退すれば、米艦隊の戦意はひどく低下する。

敗北感に支配されると、目の前の勝機すら逃がしてしまう。自分たちでも勝利できるということを、しっかり示しておかねばならない。

ハルゼーは、しばし考え込んでからダンカンを見やった。

「再攻撃はおこなう。ただし明日の朝、一度だけだ。それが終わったら即座にヌーメアに退却。日本空母部隊の動向を確認する」

「わかりました。すぐ作戦案を提出します」

「あと、プランBを仕上げてくれ。もしかすると今回、使うかもしれん」

「あれは、まだ未完成ですよ。現場の部隊からもあまりいい声は聞きません」

「仕方がない。最悪の事態に備えておかないとな」

日本艦隊は偽電に引っかからず、ミッドウェーに艦隊を送り込まなかった。となれば、一部がソロモン方面に展開している可能性がある。

実際、潜水艦は多数展開しており、予想より早く彼らは発見されてしまった。

対策は必要で、敵の戦力がはっきりしない以上、使える計画はなんでも投入せねばならない。

「切り札は使ってこそ切り札だ。持っているだけでは……」

その時、艦内通話の呼び出し音がけたたましく鳴った。耳ざわりな音色だ。

どうにも嫌な予感がする。こういう時には、最も知りたくない情報が飛び込んでくるものだ。

艦長付きの士官が受話器に飛びつく。

その表情が変わるまで、たいして時間はかからなかった。

8

一一月一日　ソロモン諸島北方二五〇カイリ

千代島豊一《ちよしまゆたか》飛兵は翼内タンクのコックを切り替えたところで、改めて燃料計をチェックした。

表示は適正で、翼内にも胴体にも燃料が残っている。エンジン音も変化はなく、順調に回転していることがわかる。

出撃前、異音が出ているので、どうなることかと思っていたが、なんとかもちそうだ。

懸念されていた燃料の異常消費もない。

千代島がほっと息をつくと、横に零戦が並んできた。隊長の坂井知行《さかいともゆき》大尉だ。

坂井は千代島が整備員と話している時に通りかかっており、機体の調子が悪いことを知っている。気になって、わざわざ様子を見に来てくれたのだろう。

ありがたい話だが、戦闘前に気を使わせては恐縮してしまう。

千代島が手を振って大丈夫であることを示すと、ようやく坂井は高度を取って編隊の前に出た。

視線の先には青い海が広がる。雲が切れたこともあり、はるか彼方の海域まで肉眼で確認できる。

進行方向と速度から見て、あと三〇分もすれば敵艦隊上空に到達する。

敵空母が出ていることはわかっていたが、敵より早く発見できたのは幸運だった。

殊勲の偵察機は熊野《くまの》の二番機だった。〇五二三、敵空母を発見、その旨を打電してきた。

ついで〇五四三には三隈《みくま》の一番機、〇五五六には最上《もがみ》の三番機も敵艦隊に触接し、情報を送ってきた。

にわかに機動部隊は活気づき、南雲司令長官が命令を出してから、わずか三〇分で出撃準備は完了した。

千代島の瑞鶴飛行隊は先陣を切る形で発艦、上空で味方が集結するのを待って、敵空母に向かっている。

天気は良好で気流の乱れはない。

唯一の気がかりはエンジンの異音だったが、それも杞憂《きゆう》に終わりそうだ。

千代島は操縦桿を軽く左右に振って、機体の動きを確かめた。

機体は問題ない。これならば、敵戦闘機と互角以上に戦うことができる。

幸い今回の戦いで、機動部隊は先手を取ることができた。まだ敵艦隊は味方の空母を発見しておらず、対応は遅れる。

機動部隊は偽電で、ミッドウェー方面に展開していることになっているので、さらにその動きは把握しにくいはずだ。

「ようやく飛龍の敵を取ることができるな」

千代島はミッドウェーで飛龍に乗艦しており、敵が攻撃してきた時には補給のため、ちょうど艦内に戻ったところだった。

激しい攻撃で彼は出撃の機会を奪われ、飛龍の被弾をただ見ているだけだった。

今回こそ敵空母の撃沈を見届けて、無念の思いをはらしたい。

千代島は決意を新たにして、操縦桿を握りしめる。

直後、右上方で何かが輝いた。目をこらすが、太陽の光が強くてよくわからない。

敵艦隊までは八〇カイリも離れており、迎撃隊が出てくるには早過ぎる。

そもそも、まだ敵機と接触していないのだから、攻撃隊には気づいていないはずだ。だが、先刻のきらめきは不自然だった。自然の光ではない。

どうにもおかしい。

千代島はもう一度、注意を向ける。

視線の先には青い空しかなく、変化があるようには思えない。

気のせいか。

千代島は小さく息を吐き、視線を上方に移す。

直後、太陽をかすめるようにして、黒い点が姿を見せた。

一つではない。五つ、いや、それ以上だ。

たちまち点は距離を詰めてくる。

翼がきらめいた時、千代島は正体に気づいた。

「グラマンか！」

一〇機のグラマンが翼を並べて降下してくる。

しかし、どうしてこんなところに。

まだ敵艦隊からは遠く離れているのに、なぜ、ためらうことなく仕掛けてくるのか。

先に発見されたか。

いや、そんなはずはない。警戒を怠るような搭乗員たちではなく、接近していたらわかっていたはずだ。

千代島は焦りつつも、高度を取って翼を振った。

他の零戦も、ようやくグラマンの接近に気づいて、大きく左右に散らばった。

反応は決して遅くない。

だが、グラマンはそれよりも早く、零戦の編隊に気づいていた。銃弾がばらまかれ、たちまち二機の零戦が落ちていく。

「くそっ。こんなところで」

千代島は左旋回に入り、戦闘空域からの離脱を図る。グラマンが背後にまわり込んだのは、その直後だった。

9

一一月一日　ソロモン諸島北東二八〇カイリ

村田重治が眼下の空母に目をやったところで、後席から太い声が響いてきた。

「右、グラマン。三番機が食いつかれています」

視線を転じると、降下中の九七式艦攻にグラマンが追いついていた。

近くに零戦の姿はない。

艦攻は懸命にかわそうとするが、重い魚雷を抱いていて、どうにもならない。

「魚雷を捨てろ！　身軽になるんだ！」

村田が叫んだ時、機銃弾が機体をつらぬく。たちまち九七式は大爆発を起こして海に消えた。

「魚雷が誘爆したか。くそっ！」

偵察員の星野要二《ほしのようじ》飛曹長が声を張りあげる。

村田としても悔しい。せっかくここまで来たのに、むざむざ落とされるとは。

「制空隊は何をしているんだ！」

村田は上空を見あげる。

零戦は右後方で交戦中で、支援は望めない。艦攻隊の上空には、グラマンが次々と迫っていくる。

「せっかく先手を取ったのに、これでは……」

村田の率いる第一次攻撃隊は、〇六一二、米空母発見の知らせを受けて赤城、蒼龍、翔鶴の三隻から出撃した。

総勢六二機の大部隊だ。主力は九七式艦攻と九九式艦爆で、その上空を零戦がカバーする。

ミッドウェーの時より状況は有利で、村田は敵空母への攻撃を確信していた。

しかし、現実には攻撃するよりも早く、グラマンが仕掛けてきた。編隊はばらばらになり、攻撃隊は逃げるだけで精一杯の展開となった。

零戦隊もグラマンに動きを封じられて、思うように味方を守ることができない。

ようやく突破しても、今度は激しい対空砲火で動きを抑えられてしまう。攻撃隊はさんざんに叩かれて、大きな被害を受けていた。

「艦爆隊、突っ込みます！」

右前方の空母に九九式艦爆が無理に突っ込んだ。翔鶴の第二小隊で、三機が縦に並んで突入する。

空母上空に弾幕が広がり、彼らの行く手を遮る。

またたくまに二機が捕まって大爆発する。

　突破した一機は空母の右から突入し、爆弾を投下した。

　水柱があがって、空母は右に転進していく。

「至近弾ですね。アメ公め、容赦なくぶっぱなしてきやがる」

「やはり、敵空母はこっちの動きを読んでいる。弾幕がこれまでとは違う」

　村田がフットバーを蹴ると、九七式艦攻は大きく左に旋回した。

　魚雷を搭載したままなので動きは重い。

　眼下の海域では、対艦攻撃が継続中だ。

　右から攻める攻撃隊に対して駆逐艦、重巡が並んで対空砲火を放っている。弾幕はすさまじく、艦攻も艦爆もなかなか突破できない。

　空母も右舷側からの攻撃を重視しており、攻撃隊が突破をかけると、すぐに回避運動に入る。

「見ろ。攻撃の方角がわかっているかのようだ」

「どうしてわかるんですか。見張員の数を増やしているんですかね」

「たぶん新兵器だ。あのレーダーってやつだよ」

「ああ、ミッドウェーの時、伊勢《いせ》が積んでいた器材ですよね。でも、あの時はほとんど役にたたなかったって聞いていますが」

　星野の声は渋い。半信半疑のようだ。

　報告書には彼の言うとおり、故障が多くて肝心な時に使えなかったとあったが、その一方で、距離二万で敵機を捕捉した旨も記されていた。

「あれが機能すれば、航空機の動きを読むことができる。先手を打ってグラマンを送り込めば、攻撃隊の足も鈍る」

「じゃあ、今日、空母から離れたところで攻撃を受けたのは……」

「奴らが新兵器を使いこなしたのかもしれん」

もしレーダーが威力を発揮しているのなら、今後の攻撃はやりにくくなる。

「左舷からねらうぞ。迂回する」

村田は高度を落として、空母部隊の左にまわり込んだ。対空砲火が周囲をつつむ。

砲弾が落ち、海面が弾ける。

曳光弾の嵐をかいくぐりつつ、村田は機体を滑らせる。

「敵重巡、来ます！」

ノーザンプトン級の重巡が、村田と空母の間に割り込んできた。最悪の間合いだ。ここからでは位置を変更できない。

「仕方ない。重巡をやるぞ！」

村田はノーザンプトン級との距離を詰める。

二〇〇〇まで接近したところで、魚雷の投下レバーを引いた。

「てっ！」

機体が浮かびあがり、すぐに重巡の頭上を通過する。雷撃の結果が判明するまで、わずかながら時間を要した。

10

一一月一日　空母ワスプ艦橋

「サンフランシスコ被弾！　速度、鈍ります」

忌々しい報告に空母ワスプ艦長、フォレスト・P・シャーマンは顔をしかめた。

左舷前方で重巡が煙をあげていた。後部マストの基部には炎も見てとれる。

速度は落ちる一方で、ワスプの動きにはまったくついていけない。

「やってくれたな、日本人め」

攻撃がはじまって三〇分、なんとか回避をつづけてきたTF22だったが、ついに重巡サンフランシスコが直撃を受けた。

ワスプをかばっての行動で、サンフランシスコが割って入らなければ彼らが直撃を受けていた。

「無事でいてくれよ」

シャーマンは視線を右舷に向ける。

激しい対空砲火を突破して、日本機は攻撃をつづけていた。

「急降下、来ます。目標、サラトガ！」

見張員が報告した時、日本の艦爆は降下に入っていた。

砲弾のように南太平洋の空を駆け抜けると、爆弾を投下する。大きな水柱があがって、サラトガの船体は一時、視界から消えた。

「左舷至近弾。損害は不明」

「もう一機、来ます！　右二〇！」

たてつづけに艦爆が突入してくる。

ただ、上空の動きを見るかぎり、日本機は徐々に後退しつつあり、とりあえず最初の攻撃はしのげそうだ。

「ハルゼー長官の策が当たったか」

シャーマンはサラトガを見つめる。そのどこかで、ハルゼーが陣取って指揮をしている。

昨日の一七一二、味方の潜水艦が日本空母部隊を発見し、即座に報告してきた。

位置はソロモン諸島の北西で、彼我の距離は五〇〇カイリを切ろうとしていた。

シャーマンは愕然《がくぜん》とした。

太平洋艦隊司令部からの報告では、日本空母の主力は中部太平洋に進出し、ミッドウェーの警戒にあたっているはずだった。

ソロモン海の空母もポートモレスビー周辺に展開していて、今回の海戦には参加しないと見られていた。

それが現実には、四隻の空母が姿を見せ、攻撃準備を整えている。

わけがわからないまま、シャーマンはTF22司令部の判断を待った。

敵艦隊迎撃の命令が来たのは二三一五だった。すでに敵味方は接近しすぎて、かわすことはできない。それならば、積極的に迎え撃つというのがハルゼーの決断だった。

TF22は位置を南西にずらし、そこで日本機を迎え撃った。

防戦はうまくいき、長きにわたって日本の航空隊を食い止めた。サンフランシスコが打撃を受けるまでは、駆逐艦一隻が小破しただけだった。

防戦にあたって、最も威力を発揮したのがレーダーだ。

サラトガとワスプには新開発のSG2レーダーが搭載されており、三〇マイル先の敵航空機を捕捉できた。

また、ノーザンプトン級の重巡にもSCレーダーが装備してあり、自力で敵機を探知可能だった。

ハルゼーの作戦は、レーダーで早期に敵を捕捉、制空隊で迎撃した後に艦隊で応戦するというもので、そのために陣形を思い切って変え、敵の進行方向に対空砲火を指向するように命じていた。

レーダーを使っての迎撃は演習で何度か試していたが、連携に問題があって失敗することが多かった。

見当違いの方向に誘導して、かえって損害判定が増えたこともある。

シャーマンも運用はむずかしいと判断し、レーダーからの報告は軽視していた。

それをハルゼーはくつがえし、迎撃に用いた。

見事な決断であったし、実際、戦果はあがっている。こうなると、ミッドウェーの時にもこのレーダーがあったならと思う。

きちんとした迎撃システムさえあれば、空母三隻を一挙に失うことはなかったかもしれない。

「もう少し防いでくれよ」

TF22は進路を南に取りながら、迎撃をおこなっている。もう少しソロモン諸島から離れれば、状況は変わるかもしれない。

シャーマンは唇を噛みしめる。

「敵機直上！　急降下、来ます！」

見張員の報告に顔をあげると、進路を修正した敵艦爆が降下に入るところだった。

一機で、軸線はぴたりとあっている。

「取舵一杯！　かわせ！」

シャーマンの指示に、一万九〇〇〇トンの船体が反応する。

艦爆は砲弾の雨をつらぬいて迫る。爆弾が投下され、ワスプの右舷で大爆発が起きた。

「右舷前方、至近弾！」

「被害報告、知らせ！」

「第一ボイラー損傷！　出力、落ちます」

「下甲板に浸水。兵員、二名負傷！」

シャーマンはつづけざまの報告を聞き取りつつ、右舷の海域を見つめた。

一時間前の報告が正しければ、その方向に敵空母が遊弋《ゆうよく》している。

「待っていろよ。必ず沈めてやるからな」

この先の展開に思いをはせながら、シャーマンは応急員に指示を下した。

11

一一月一日　赤城艦橋

赤城の右舷で爆発が起き、砕けた水柱が船体を叩く。海水が飛行甲板から滝のように流れ落ちる。

三万トンを超える船体は、何かにつまずいたかのように前のめりになる。

「兵員室浸水！」

「缶操縦室、損傷。兵員三名、負傷」

「第二倉庫で火災。消火作業、急げ」

南雲は、次々に入ってくる報告を無言で聞いていた。

爆弾は右舷五〇メートルの海域に着弾した。破片が艦橋の窓も叩くほどで、衝撃で船体に破口が生じていても不思議ではなかった。

「とーりかじ！」

伝声管を通じて艦長の青木が命令を下す。

青木は先刻から防空指揮所に移動して、対空戦闘に専念していた。

南雲が視線を右に移すと、米艦爆が魚雷を投下したところだった。


ねらいは右舷の蒼龍だ。

距離は離れており、問題なく回避できる。

一二センチ連装高角砲がうなり、砲煙が艦橋をかすめる。

その先を米軍の戦闘機が突破していく。

「ええい、何をしているのか」

源田の表情は歪んでいた。

「なぜ、米軍を抑えることができない。数ではこちらが上回っているのに、空母を仕留めるどころか、逆に攻撃を受けるとは。しっかりせんと」

「敵の防御は思いのほか強力だ。我が方の攻撃を再三にわたってかわして反撃に転じた。もしかすると、ある程度、準備して待っていたのかもしれん」

高田の言葉に、源田は食ってかかった。

「待っていたとは、どういうことですか。我々の攻撃を事前に読んでいたというのですか」

「そうだ。英国上空の戦いでは、イギリスがレーダーを駆使してドイツ機を迎え撃った。それと同じことを米軍がした可能性はあろう」

「あんなもの、使い物になりませんよ。うまくいかないのは、手ぬるい攻撃をしているからです。攻撃隊の指揮に問題があると見ます」

「違う。現実をよく見ろ。米軍はきっちり防御してから攻撃に転じている。それだけの技術が……」

「あなたに、航空の何がわかるのですか。搭乗員でもないくせに……」

「いい加減にしろ！　こんなところで言い争ってどうする」

南雲が怒鳴ると、二人は息を呑んだ。気まずそうにうつむいて口をつぐむ。

「搭乗員はよくやっている。空母を捕捉して攻撃をかけているのだから、なんの問題もない。

もし空母攻撃に失敗しているのなら、それは正しい作戦を立てることのできぬ我々の問題だ。責任の押しつけあいが、海軍士官のすることか」

南雲の威厳に源田も高田も打たれていた。艦橋の乗員も、背筋を伸ばして話を聞いている。

緊張が破れたのは、米軍機が赤城上空を突破した時だ。報告を受けて赤城は進路を変える。

見張員の声を聞きながら、南雲は部下に顔を向けた。

「まずは状況の確認だ。攻撃をかけているのは、敵の空母部隊に間違いないのだな」

「はい。米軍の基地航空隊では、この海域まで届きません。ほかに艦艇もない状況では、空母部隊からの攻撃を受けていると見るべきです」

草鹿が強い口調で応じた。

南雲の機動部隊主力は、第一次攻撃隊を放って先手を取ったが、米軍の巧みの防御で大きな戦果をあげることはできなかった。

逆に一〇〇二からは、米艦載機の反撃を浴びている。

最初の一撃は艦攻で、低空から零戦の防御網を突破し、赤城、蒼龍に魚雷を放った。ついで艦爆が姿を見せ、先刻から爆弾を投下した。

今のところ、谷風《たにかぜ》が爆撃を受けて戦闘不能、赤城、蒼龍、熊野が至近弾で損傷している。

「まさか二隻の空母で、ここまでやるとは。意外でした」

「敵は闘将のようだな。しばらくは攻撃をつづけるだろうが、さて米軍の動き、どう見る？」

「南東方向に下がっているのが気になります。我々を引っぱっているように見えます」

「深追いすると危険か」

「はい。場合によっては、エスピリトゥサントの米軍飛行隊が出てくるかもしれません」

草鹿は先に立って海図台に向かった。

南雲、ついで源田、高田がつづく。

「エスピリトゥサントからガダルカナルまでは、およそ五五〇カイリ。もう少し南方に出れば、四発重爆のみならず、グラマンの航続距離に飛び込みます」

「陸軍航空隊も支援に来るでしょう。サンタクルーズで補給を受ければ、足の短い機体でも十分に届きますので」

草鹿の意見を源田が補足した。論旨は明快で、航空に疎《うと》い南雲にも理解できる。

「つまり、米空母部隊は後退して、有利な海域に我々を引っぱりこもうとしているわけか」

「そうです。エスピリトゥサントやサンタクルーズから戦闘機が来れば、攻撃はさらに困難となり、我々は空母を取り逃がすかもしれません。

それればかりか、思わぬ反撃でこちらが打撃を受ることも考えられます」

「したたかな司令官だな。米軍、侮りがたし」

　ミッドウェーでも、米軍は追いつめられながら艦載機を放ち、飛龍を中破に追いやった。

　最後まで反撃する姿は見事で、戦前に彼らが考えていた弱兵でない。

「よし。では、どのように対応するか」

「距離を詰めて、攻勢をつづけるべきです」

　源田は身を乗り出して、海図台の一点を指で示した。

「ここまで前進すれば、敵空母を逃すことはありません。まだ我々には余力があります。全力攻撃で二隻の空母を仕留めるべきです」

「航空参謀の意見に同意します。せっかく敵空母が攻撃可能な位置に展開しているのです。これを逃す手はありません」

　高田と源田の意見が一致した。

　先刻までいがみ合っていたのに、ここで協調するとは、ちょっと意外だ。

　二人の関係は変わりつつあるのか。

　もっとも、変わったのは自分も同じだ。以前だったら、二人が言い争っている場に口をはさむようなことはしなかった。

「歳々年々、人同じからずか」

「何か？」

「いや、なんでもない。よくわかった。今は二人の意見を採ろう。米艦載機が後退したら、第二次攻撃隊を出す。敵空母を絶対に逃がすな」

「はっ」

「あとは、支隊にも連絡。適時、敵空母に攻撃をかけよと。いい頃合いのはずだ」

　支隊は無線封止を継続しているが、おおよその位置は把握している。

　ここで支援してくれれば助かる。

南雲が下がると、源田と高田、さらに草鹿が顔を寄せて議論をはじめた。

その間にも米軍の攻撃はつづく。

零戦が艦爆を追って艦隊上空を通過する。

その下方では、米艦攻の編隊が旋回を終えたところだった。機首はぴたりと赤城に向いている。

12

一一月一日　ソロモン諸島北東二七〇カイリ

射爆照準眼鏡に重巡の姿が飛び込んできたところで、江草隆繁少佐は投下レバーを引いた。

機体が軽くなるのにあわせて操縦桿を引くと、九九式艦爆は水平飛行に入る。

エンジン音が低くなったところで、後席の石井飛曹長が声を張りあげる。

「至近弾！　ノーザンプトン級の右舷で水柱！」

「くそっ。外したか」

江草は降下直前、グラマンの攻撃を受けて標的を変更せざるをえなかった。

軸線を合わせる間もなく突入したので、投下のタイミングを誤った。

「後続は、どうなっているか！」

「うまくいきません。ああっ！」

「どうした」

「五番機、被弾。やられました」

江草が顔をあげると、九九式艦爆が火を吹きながら降下していた。第二小隊の山口《やまぐち》三飛曹だ。

ミッドウェーの後、蒼龍へ配属となった搭乗員で、明るい性格で人気を集めていた。

腕もよく、すぐにでも戦果をあげると思っていたが、その前にあっさり撃墜されてしまった。

「アメ公め！」

江草は颪防を叩く。

敵空母部隊上空の戦いは、熾烈を極めていた。

江草は第二次攻撃隊の指揮官として、米空母を攻めたてているが、いまだ戦果はない。

グラマンは執拗《しつよう》に艦攻、艦爆を襲い、彼らの進撃を阻んでいる。

かろうじて突破しても、米空母は巧みに回避をおこない、魚雷や爆弾をことごとくかわした。重厚な防御で、つけいる隙はほとんどない。

江草も空母をねらったが、その直前に邪魔が入り、ねらいを変更せざるをえなかった。

「うまくありませんぜ、隊長」

石井の声も渋い。

「このままだと、逃げられるかもしれません」

「思いのほか、行き足がついているからな」

米艦隊は南東方向へ進路を取っている。この調子なら、すぐにでもサンタクルーズ方面から敵機が来る。

「帰還して再攻撃をかけるしかないか」

「ですが、隊長」

「ああ、わかっている」

燃料と弾薬を補給して再出撃するまで三時間はかかる。その間に米空母はさらに南下し、基地航空部隊との連携を強めてしまう。

彼らが到着した時には、援軍のグラマンが姿を見せているかもしれない。

「やむをえん。機銃で叩く」

江草は右に旋回して空母に迫る。

九九式艦爆の機首固定機銃は、豆鉄砲の七・七ミリ。よほどうまく当てなければ、空母に打撃を与えることはできない。

とにかく空母を逃がさない。

そのためには、体当たりもやむなしだ。

江草がレキシントン級の右舷にまわり込むと、

視界の片隅に青い機体が飛び込んできた。

グラマンだ。

たちまち高度を落として接近してくる。

「右、グラマン。来ます」

「おう！」

江草はフットバーを蹴り、右に旋回する。

九九式艦爆が鈍重なグラマンにやられるわけがない。

九九式艦爆が高度を落としながら急旋回すると、グラマンは一度上昇し、態勢を立て直してから迫ってきた。速度を生かした突っ込みだ。

江草はグラマンの射程に入る直前、操縦桿を傾け、機体を滑らせた。

機銃弾が右の翼をかすめる。

機体が揺れたのは、不発弾が命中したためか。

すさまじいスピードで、グラマンは九九式艦爆を追い越していく。

「もう一機、来ます。いえ、二機です」

「しつこい！」

江草が後方を見ると、左右からつつみこむようにしてグラマンが迫っていた。

これは厳しい。一方をかわしても、もう一方につかまる。

やむをえない。とにかく一方をかわして、もう一方が下手くそであることを祈るしかない。

江草はグラマンが迫る一瞬をねらって、右に旋回する。

最初の機銃弾は大きく外れる。

「もう一機は……」

直後、機銃弾が頭上をつらぬく。

だめかと江草が思った瞬間、背後で爆発が起き、破片が飛び散ってきた。

「どうした！」

「グラマンがやられました！」

「馬鹿な！　なぜ、こんなところで」

「よくわかり……あ、いえ、確認しました。味方です。零戦が助けに来てくれました」

「おお」

江草が声をあげるのにあわせて、右に零戦が並んできた。

尾翼にはＤＩ－１０６の文字がある。江草が操縦席を見ると、搭乗員が軽く手を振った。

「龍驤《りゅうじょう》の零戦隊か」

珊瑚海に展開していた味方がようやく姿を見せた。絶妙のタイミングだ。

江草が頭上を見あげると、零戦の編隊がグラマンの追撃に入るところだった。

戦場の空気は大きく変わっていた。

13
一一月一日　ソロモン諸島北東二七〇カイリ

「主隊の艦爆隊、退却します。翼を振っている機体が見えます」

「たぶん江草少佐だろう。あいかわらず義理堅い」

江草は海軍屈指の艦爆乗りで、セイロン沖海戦で英空母ハーミーズを仕留め、ミッドウェー海戦ではエンタープライズの艦橋を粉砕して、勝利へのきっかけを作った。

小川《おがわ》にとっては敬愛すべき先輩であり、いつかたどり着きたいと願う目標でもあった。

「あとはまかせてください。きっちり仕留めてみせますよ」

小川は視線を左前方に転じる。

米空母艦隊の陣形は大きく乱れていた。

二隻の空母は並んで行動していたが、それを守るべき重巡や駆逐艦は空母から大きく離れている。

とりわけ左手方向にはほとんど艦艇がおらず、空母は脆弱《ぜいじゃく》な横腹をむきだしにして航行していた。

「これならば、やれる」

小川の属する空母龍驤は、機動部隊支隊の一員としてソロモン諸島の南を抜け、米空母部隊の南方から迫っていた。

本来の目的は、ポートモレスビーや豪州方面から来る艦艇の牽制であったが、司令官の角田《かくた》は当初から米空母部隊の攻撃を目論んで、大きく東に移動していた。

そこに、南雲長官から主隊の支援を命令され、第四航空戦隊は突出する形でソロモン諸島の南方にまわったのである。

空母発見の知らせが入ったのは〇六四二、攻撃開始の命令が出たのは、それから三時間後の一一四五だった。

小川は龍驤を出撃し、一直線に米空母部隊上空に向かった。

「行くぞ！」

小川は空母上空にまわり込むと、操縦桿を力強く押した。

重力に引かれて九九式艦爆は速度を増す。

胸が見えない手で押され、息がつまる。

降下角は六〇。逆落としに等しい。

高度計がすさまじい勢いでまわり、砲弾が周囲を覆うが、かまってはいられない。

空母の飛行甲板が手でつかめそうなところまで接近したところで、小川は爆弾を投下した。すぐさま機体を引き起こして、海面すれすれで水平飛行に入る。

金星四四型エンジンが高らかに咆哮した時、後席の長淵弘三《ながぶちひろし》飛曹が声を張りあげた。

「命中！　やりました。飛行甲板をつらぬいています」

「よし！」

小川が高度を取って旋回すると、サラトガの飛行甲板から煙があがっているのが確認できた。

何度か爆発が起き、炎が吹きあがる。

急所を完璧に射抜いており、離着艦は不可能だ。

「見たか。敵はとったぞ」

小川はミッドウェー海戦の時、加賀に乗艦しており、米艦爆の攻撃により危うく死にかけた。龍驤に転属となっても加賀のことは忘れられず、いつか敵を取るつもりでいた。

その機会を得たのは幸いだ。

「二番機、三番機が行きます！」

「おう」

二機の九九式艦爆が縦に並んで降下していく。

ねらいはサラトガだ。巨大な船体は直撃のおかげで、動きが鈍くなっている。

ようやく右に艦首が向いたところで、爆弾二発が投下された。

飛行甲板で爆発が起き、またたくまに黒い煙がサラトガの船体を隠した。

「これで、簡単には離脱できまい」

サラトガは相当に大きなダメージを受けている。消火作業に手間取れば、加賀がそうであったように、機関まで火災が広がるだろう。

それに……。

小川がサラトガを離れると、入れ替わるようにして雷撃機の編隊が現われた。

小川と同じく加賀から転属した搭乗員だ。

「やってくれ。一撃を食らわせてやれ」

彼の思いが通じたかのように、雷撃隊は一直線に燃えさかる空母に向けて進んでいった。

14

一一月一日　ソロモン諸島北東二七〇カイリ

「長官とは、まだ連絡が取れないのか！」

軽巡アトランタ艦長サミュエル・P・ジェンキンズ大佐は吠えた。

伝令の兵は背筋を伸ばして応じる。

「はっ。いまだサラトガとの通信は回復しておりません。火災のため信号を読み取ることもできず、状況は不明であります」

「被害状況もわからんのか」

「最初の爆撃で格納庫に火災発生。以後はまったくわかりません」

「よし、戻れ。連絡が入ったら、すぐ報告だ」

「通信室に戻ります」

伝令の将兵は青ざめた顔で敬礼すると、アトランタの艦橋を去った。

すぐさま見張りの兵が声を張りあげる。

「敵雷撃機、目標、サラトガ！」

左舷の空母に日本の雷撃機が迫る。

対空砲火など気にした様子も見せない。

魚雷を投下したのは、アトランタの左前方だ。距離は一〇〇〇ヤードも離れていない。

雷撃機は悠々と上昇し、サラトガの上空を突破する。直後、魚雷が右舷で炸裂した。

サラトガの速度は落ち、大きく右に傾く。

爆発が起き、船体の一部が弾け飛ぶ。

「最悪だ。こんなところで」

サラトガは爆弾と魚雷を三発ずつ浴びた。

爆弾は飛行甲板をつらぬいて艦内で炸裂。

魚雷も右舷の船体を粉砕し、機関にダメージを与えている。いまや巨大な船体は自ら動く力を失い、漂流しつつある。

司令官であるハルゼーと連絡を取ることもできない。

艦橋は無事なので生存しているとは思われるが、どのような状態にあるのかさっぱりわからなかった。

「どうして、こんなことに……」

ジェンキンズはつぶやいた。

日本艦隊に発見されてもＴＦ22は動揺することなく、反撃の態勢を整えた。

レーダーを使って敵航空隊を早期発見、Ｆ４Ｆで迎撃して早々に数を減らした。突破してきた敵機に対しても、レーダー誘導による対空攻撃で艦艇への接近は許さなかった。

弾幕は強力で一〇機を超える艦攻、艦爆を叩き落とした。戦果は大きく、一時は無傷で退却してエスピリトゥサントの味方と合流できるかと思ったほどだ。

流れが変わったのは、新しい敵が姿を見せてからだった。

日本が投入してきた空母は四隻で、それ以外は本国にいるか、ソロモン海の警戒にあたっていると信じていた。南からの攻撃は想定外で、まったく対応できなかった。

これまでの攻撃でサラトガが大破、サンフランシスコと駆逐艦ファラガット、スタックが中破している。オーストラリアのホバートも至近弾で小破している。

輪形陣は大きく乱れており、空母ワスプは大きく南に離れてしまった。

「日本艦隊を甘く見すぎたのか」

報告では、南から来た空母は三隻だった。

いずれも軽空母だが、ワスプと互角か、それを超える実力を持つらしい。

また未確認であるが、さらに二隻の空母が後方につづいているという情報もある。

最初に戦った空母部隊は四隻だったから、日本艦隊はこの海戦に、最大で九隻の空母を投入した可能性がある。

正規空母で八〇機、軽空母で五〇機が運用できるとなれば、六〇〇機近い航空機を運用できるわけだ。

それに対して味方は空母二隻、一六〇機の投入が精一杯だった。あまりにも中途半端で、追い込まれるのも当然と言える。

ジェンキンズとしては悔いが残る。

いくらフィジー、サモアが危険だったとはいえ、空母でのソロモン攻撃は実施するべきではなかった。失敗した時の被害が大きすぎる。

「これ以上、空母の損失を許すわけにはいかない。全力でワスプを守るぞ」

ジェンキンズは断腸の思いで、サラトガから離れた。

ワスプはアトランタから四カイリ離れた海域を航行中だ。上空には、対空砲火による煙が絶えることなくつづく。

敵機もいまだ去る気配はない。

アトランタは新開発の防空巡洋艦で、五インチ連装両用砲八基に二八ミリ四連装機銃三基、二〇ミリ単装機銃八基を運用して、敵航空機の迎撃にあたる。

ＳＫレーダーと新型のＭｋ37射撃指揮装置を装備し、これまでより高い精度での攻撃が可能だ。

日本空母部隊の攻撃を受けている今こそ、空母の壁となって戦わねばならない。

ジェンキンズがワスプ上空の敵機を見つめる。一刻でも早くたどり着いて守ってやりたい。

だが、その思いを打ち消すように見張員が非情な報告を告げた。

「敵急降下、目標本艦！」

「こんな小さな目標にまで来るのか」

舌を打ちながらジェンキンズは命令を下した。

最低限の回避はやらねばならない。

15

一一月一日　ソロモン諸島北東二七〇カイリ

シャーマンはその連絡を一瞬、信じることができなかった。

「本当か、それは」

「はい。ハルゼー長官からの命令です。ワスプは南方に後退し、自らの安全確保を優先せよ。これ以上、戦闘海域にとどまる必要はなし。以上です」

伝令の兵もメモを手にして困惑していた。

シャーマンは艦長用のシートに腰を下ろした。

「その判断は正しいが……」

本当にそれでよいのか。

たび重なる攻撃でTF22は分断され、艦隊で対空戦闘をおこなうのは困難になっていた。

サラトガは戦闘不能となり、一時はハルゼーとも連絡が取れなかった。ようやく無事が確認できたと思ったら、今回の命令である。

ここまで叩かれてしまったら、ある意味、後退は当然だ。それはわかる。

これ以上、空母を失えば、太平洋艦隊のみならず、合衆国艦隊そのものが危機的状況に陥る。

だが、ここでワスプが後退すれば、空母攻撃に向かった艦載機の回収が不可能になる。

パイロットは不時着を余儀なくされ、長時間にわたって南太平洋を漂う。戦闘中なので回収はむずかしく、多くのパイロットが犠牲になる。

ここで空母搭乗員を失うのは痛い。

ミッドウェーで多くの兵を失っており、さらなる喪失は、今後の作戦に大きな障害となる。

その今後の作戦だが、安易な後退は許されない。どうするか。

シャーマンは機関室と連絡を取った。

「機関長、機関の調子はどうか」

「問題ありません。当面は最大速力、維持できます」

「浸水はあるか」

「先刻、至近弾で水が入ってきました、今は食い止めています。行けます」

「現状維持に務めてくれ」

シャーマンは決断を下した。

あと三〇分この海域にとどまり、その後、最大戦速で戦闘海域から離脱する。

夜になったら再度、反転し、脱出したパイロットの救援をおこなう。

その頃には他の艦艇も戦場を離脱していると思われるので、ワスプを中心にして艦隊の再編となるだろう。

「もう少しだ。なんとかかわすぞ」

「左二〇！　雷撃機！」

見張員の報告がワスプの艦橋を揺るがす。

シャーマンは位置を確認し、日本機が魚雷を投下したところで命令を下した。

「取舵一杯《ハード・アポート》！　魚雷と正対する」

ワスプは船体を傾けながら左に転進する。サラトガより船体が小さいこともあり、舵の利きはいい。

「戻せ！」

シャーマンの指示に従ってワスプは直進に入る。直後、魚雷は右舷を通過した。

「右五〇！　艦爆！」

報告が入った時、すでに敵艦爆は降下に入っていた。こちらの転進をねらっての攻撃だ。

「まずい！」

迫る敵機を機銃と高角砲が迎え撃つ。

機体の輪郭がはっきりするまで降下したところで、敵艦爆が弾けた。爆発を起こし、火球となって落ちていく。

突き刺さった海面はワスプの右前方で、小さな水柱があがった。

「よし！」

シャーマンは強く手を握りしめる。艦橋でも歓声があがり、乗員の熱気が一気に高まる。

このまま踏ん張れば、帰還する攻撃隊を回収できるかもしれない。そのうえで離脱すれば、被害は最小限で済む。

シャーマンが味方の帰還時間を確認すべく飛行長と連絡を取ろうとした時、新しい報告が飛び込んできた。


「左三〇、雷撃機。機数三、距離二〇〇〇！」

「右四〇からも雷撃機。距離三〇〇〇！」

シャーマンはあわてて左右を見る。点のような雷撃機が高度を落として、ワスプに迫っていた。

完璧な挟撃で、どちらか一方は命中する。

ならば、せめて数の少ないほうに。

「取舵一杯《ハード・アポート》！」

彼の焦りを受け取ったかのように、ワスプは慌ただしく回頭する。

その動きは、これまで以上に敏捷《びんしょう》だ。

しかし、雷撃は正確だった。左からの三本のうち一本はワスプに迫っていた。

そして、右からの一本も右舷中央をねらう。

これはかわせない。

「衝撃に備えろ！」

シャーマンが両足に力を入れた時、魚雷がワスプの船体に吸い込まれた。

爆発と衝撃で艦橋が激しく揺れる。シャーマンはよろめき、鉄の壁に背中を打ちつける。

「魚雷、二本命中！」

被害を報告せよの命令は、痛みで発することができなかった。

なおも揺れる艦橋の壁に手をついて、シャーマンは立ちあがった。

つづけざまに入る報告は悪い内容ばかりだった。

16

一一月一日　ソロモン諸島北東二七〇カイリ

「やった！　命中だ」

兼子正大尉《かねこただし》は、眼下の空母が火を吹くのを自らの目で確認した。

黒い煙が高々とあがる。

それをかいぐくって、九七式艦攻の編隊が離脱していく。

同じ飛鷹《ひよう》の艦攻隊だ。搭乗員はさぞ喜んでいるだろう。

飛鷹は商船改造の軽空母ということもあり、搭載できる艦攻は一個中隊だけだった。当然、攻撃力は限定的となり、米空母相手に戦うのはむずかしいと見られていた。

機動部隊の参謀には、いっさいに期待していないと痛罵《つうば》されたこともある。

搭乗員は悔しさを胸に訓練に励んだ。十分に実力を備え、一航戦や二航戦にも負けていないと思えるようになったところで、今日の出撃となった。

空母への直撃は、積み重ねた努力の結果だ。

被害は大きい。ここできっちり攻撃をかければ、とどめを刺すことができる。

兼子が戦闘海域を見おろすと、艦爆隊の後方にグラマンが見えた。

いきりたっているのか、太陽の位置もろくに確認せず、高度を落としていく。

「やらせるか」

兼子は機体を傾け、右に旋回する。

グラマンとの距離はたちまち詰まり、射爆照準眼鏡に姿が収まる。

七・七ミリで攻撃すると、F4Fは降下に入った。速度を乗せて振り切ろうとする。

ねらわれているとわかれば、本能的に搭乗員は逃げる。それがはっきりしているのだから、無理に当てる必要はない。

兼子は後を追って降下する。

グラマンは、思いのほか速度が乗っていなかった。機体の重さを生かせずにいる。

旋回したのも減点だ。無駄が多すぎる。

兼子は最短距離を抜け、グラマンの右後方にまわり込んだ。

青の機体が右に揺れたところで銃把を握る。

今度は本命の二〇ミリだ。

曳光弾が空をつらぬく。グラマンの進路は変わらない。外れた。

もう一連射するも右にずれる。

グラマンは降下しつつ、右旋回に入る。予想とは逆の動きで、一度、射爆照準眼鏡から外れてしまう。

兼子はフットバーを蹴り、同じ右旋回に入る。

その時、後方の警戒も忘れない。

大丈夫だ。落ち着け。まだ余裕はある。

かつて先輩から言われたことがある。

貴様は決して操縦はうまくないが、それを自分でわかっている。それが強い。

やるべきことをやって、敵を追いつめていけば必ず落とせる。基本に忠実に戦えば、それでいいと。

兼子はGに耐えながらグラマンを追う。

小さく旋回して敵の内側に入る。決して敵から目をそらない。

グラマンとの距離が詰まる。

もう少しで射程に入ると思った瞬間、グラマンは機体を水平に戻した。耐えられなくなって、降下でふりきろうとしている。

それこそ、兼子のねらいだった。

旋回性能は零戦が上だ。旋回戦に持ち込めば我慢できず、どこかで降下に入ると見ていた。

絶好の機会を得て、兼子は突っ込む。

グラマンの姿はたちまち大きくなり、ガンサイトから翼がはみ出る。

兼子が銃把を握ると、二〇ミリ弾がグラマンをつらぬいた。翼と尾翼が弾けるようにして飛び、機体がきりもみに入る。

青い胴体が薄いガスをつらぬいた時、大爆発が起きてグラマンは木っ端微塵となった。

兼子は左手を握りしめた。

うまくいった。零戦の性能を最大限に生かして、敵を追いつめることができた。

理想の戦い方で、今後の役に立つ。

兼子は高度を取って戦闘海域に戻る。

眼下では、味方の艦爆が小型空母に襲いかかっている。隼鷹《じゅんよう》の機体だろうか。正確に軸線をあわせて急降下に入る。

数秒後、飛行甲板で爆発が起き、黒い煙が大きく広がった。

空母の動きはさらに鈍り、兼子の目には止まっているように見える。対空砲火もやんだ。

無防備となった空母には、さらに攻撃隊が襲いかかる。

趨勢《すうせい》は決した。ここから先は掃討戦だった。

17

一一月一日　ソロモン諸島北東三二〇カイリ

　ウィリアム・ハルゼーは、陰気な報告をシートに座ったまま聞いていた。正直、立ちあがる気力すらない。

「サラトガの沈没が確認されました。一七二五で、我々が脱出した二時間後です。とどめを刺したのは日本の艦攻で、右舷への雷撃が致命傷となりました。右に転覆して、そのまま沈んだそうです」

　ダンカン参謀長の声も低かった。書類を持つ手も細かく震えている。

「ワスプは航行不能です。爆弾五発に魚雷二発を浴びて格納庫、上甲板、機関室で火災発生。現在も延焼中です。消火の見込みは立たず、シャーマン艦長は総員退艦を命じました」

「なんとか本国まで曳航《えいこう》できんか」

「火災が収まらなければ、どうにもなりません。一日あればなんとかなるかもしれませんが、日本艦隊が見逃してくれないでしょう」

「拿捕《だほ》される前に沈めるべきか」

　ハルゼーは大きく息をついた。

「わかった。ワスプを沈めろ。近くに駆逐艦がいるはずだ。彼らにやってもらえ」

「はい」

「見事にやられたな」

　ハルゼーは視線を右に向ける。

　周囲は夜の闇につつまれている。雲が出たこともあり、星の光を感じることもできない。

　無限につづくトンネルを歩いているかのようで、それはハルゼーの気持ちをさらに暗くした。

　ソロモン沖の海戦は、TF22の完敗で終わった。

　サラトガ、ワスプを失い、軽巡アトランタと駆逐艦のエリオットも爆撃で沈没した。

サンフランシスコ、ホバート、ファラガットは大破、ステレットが中破である。

ハルゼーが移乗したソルトレイクシティですら、急降下の至近弾でボイラーが損傷した。

無傷の艦艇はほとんどなく、ＴＦ22は完膚なきまでに叩きのめされて、後退を余儀なくされた。

ハルゼーが艦内に視線を向けると、沈黙につつまれた艦橋が視界に飛び込んでくる。

艦長を含め、将兵は何も言わない。青ざめた表情に希望の光はなかった。

「何が間違っていたのか」

ハルゼーは、思わずつぶやいた。

「仕掛けるタイミングか。後退の時期か。それとも、ソロモンを攻撃することが、そもそもおかしかったのか」

「そのすべてかもしれません。日本艦隊は我々の攻撃に全力で応じました。投入した戦力は、ミッドウェーを上回っていました」

「ここを勝負どころと見たのか」

「七隻、いえ、後方の空母を含めれば九隻ですか。これだけの戦力差があっては、どうにもなりません」

「中途半端に仕掛けたのが、うまくなかったな」

「いかにフィジー、サモアが危機にさらされているとはいえ、数少ない空母で仕掛けるべきではありませんでした」

ニューカレドニアからフィジーの線で日本艦隊を迎え撃てば、敵の補給線も伸びきっていますから、勝利の可能性は十分にありました」

「水上艦で敵の攻撃を引きつけつつ、潜水艦で補給を断つか。持久戦に持ち込めば、国力で勝る我々がはるかに有利だったな」

「焦ってしまいました。ミッドウェーでの大敗を取り返そうとしたのが、よくありませんでした」

「その結果がサラトガ、ワスプの喪失だ。これで太平洋の空母は一隻もいなくなった」

それどころか、アメリカ艦隊が有する空母は、レンジャー一隻となった。

新型のエセックス級はようやく一番艦が竣工したばかりで、実戦投入までは時間がかかる。当面は、空母なしでの戦いを余儀なくされよう。

「責任は取らねばならんな。TF22の指揮官は俺だ。これだけの将兵を失って、何もなしというわけにはいかん」

「……つまらないことは考えないでください、長官。生きていれば、復讐の機会もあります」

「心配するな。俺には、今回の敗戦について報告する義務がある。それが終わるまでは、たとえ恥辱にまみれようとも、職務をまっとうするさ」

そこでハルゼーは大きく息をついた。気持ちを整理して先をつづける。

「それに、日本海軍の動きも気になる。今回の敗戦で、太平洋の空母比は〇対九という異常な事態に陥った。この機会を逃がすとは思えん」

「このまま進撃してエファテの基地をねらうと」

「それだけで済んでくれれば、ありがたいがな」

ニューヘブライズ諸島のエファテ島には、米海軍の飛行場と港湾施設があるが、今の日本海軍なら、またたくまに叩きつぶすだろう。

エスピリトゥサントの基地施設は整備中で、十分な数の航空機を展開できない。

ニューヘブライズを叩いた日本軍が、どこを目指すか。ニューカレドニアが標的となるか。場合によっては進路を転じて、オーストラリアを爆撃するかもしれない。

今のオーストラリア海軍に日本空母部隊を食い止める力はなく、一方的に爆撃を受けるだけの展開もありうる。

「日本軍は攻め放題で、我々に打つ手はない。最悪の展開だな」

「ですが、あきらめるわけには……」

「ああ、勝負を投げるつもりはない」

ハルゼーは言葉に力を込めた。

海戦には負けたが、戦争に負けたわけではない。押し返す力はまだ残っている。

少なくともハルゼーは、そう信じている。

「一刻も早くヌーメアに戻って、長官に報告しないとな」

「状況を打電しておきますか」

「やってくれ。気分のよくない仕事だが、知らないでいては向こうも困るだろう」

南太平洋艦隊の司令長官はロバート・ゴームリー中将で、少しでも早く情報を知りたいと思っているはずだ。それが、いかにマイナスな内容であっても。

この敗戦で、南太平洋の状況は大きく変わる。ニューヘブライズやニューカレドニアの防備強化は必須だろう。

ハルゼーは深く椅子に腰掛け、膝の上で手を組んだ。

正面の闇は深く、終わる気配はない。

長い夜ははじまったばかりだった。

18

一一月四日　大和作戦室

「やりました。我が軍は大勝利です！」

三和参謀が報告を終えると、作戦室は歓声につつまれた。

航空参謀の佐々木《ささき》と通信参謀の和田は、笑みを浮かべながら手を取り合っていたし、水雷参謀の有馬《ありま》は腕を組みながら何度もうなずいていた。

鉄仮面の異名を持つ宇垣ですら、微笑を浮かべている。表情を変えないのは、髯《ひげ》だらけの黒島と上座に座る山本だけだった。

山本は、海図を再確認した。

「それで、こちらの被害は」

「野分《のわけ》が爆撃を受けて大破、熊野が雷撃で中破。あとは利根、浦風《うらかぜ》が小破です。空母は赤城と瑞鶴が至近弾を浴びて浸水した以外は無傷です」

「完勝です。これは、日本海海戦に匹敵する大戦果です」

渡辺戦務参謀の目は輝いていた。勝利に酔いしれている。

「勝ったのは、なによりだ」

山本はわざと低い声で応じた。先のことを考えれば、まだ喜ぶ気にはなれない。

「今回は海軍部の判断が正しかったな。米軍のねらいはミッドウェーではなく、ソロモンだった。しかも海軍部の読みどおり、空母も出てきた。もしかすると、最初からFS作戦でも敵空母は出てきたかもしれんな」

「そうとはかぎりません。ミッドウェーで大敗して、これ以上の後退はできないということで、米軍が空母を投入してきた可能性もあります。

いわば、ミッドウェーの勝利が呼び込んだ大勝。十分に価値はありました」

「これで、太平洋の米軍空母は皆無になりましたな」

宇垣は海図を見おろした。

作戦室のテーブルには、南太平洋全域を記した大きな海図が載っている。

細かい書き込みは戦況を記したもので、サラトガとワスプが沈んだ海域にも印が描かれていた。

海戦が終わって三日が経ち、状況は完璧に把握できていた。

「邪魔者はなくなりました。今後しばらく、我々は航空機の奇襲を受けることはありません」

「問題はこの先だ。どう攻めていくべきか」

「ハワイを取るべきです」

髯だらけの参謀が顔をあげた。黒島だ。

「敵空母がない現在、我々は、どこでも自由に攻めることができます。燃料や物資の問題も解決しており、ハワイ攻撃になんの障害もありません。オアフ、ハワイを制して、アメリカ本土へ向けての足がかりを作るべきでしょう」

「だが、それは大本営の作戦方針と異なる。米豪遮断こそ、第二段作戦の胆だ」

宇垣が釘を刺しても黒島は聞かなかった。

「海軍部の言うことなど、聞く必要はありません。現場のことなど、何もわかっておらんのです。ここは好機です。ソロモン方面の地盤が固まり次第、ハワイ作戦を実施すべきです」

「無茶が過ぎる。ハワイの防備は固い。簡単には抜けんぞ」

「陸軍の兵を持ってくればよいでしょう。北方から部隊を引き抜けば、どうにでもなります」

「輸送の問題もある。簡単にはいかん」

「ですが、ここを逃せば……」

「そこまでだ。二人の意見はよくわかった」

山本は割って入った。あくまで口調は穏やかだ。

「私もハワイ作戦には絶好の機会だと思う。空母がなければ、自由にハワイを空襲できる。海上封鎖をかけ、真珠湾を干上がらせることもできよう。打つ手はいくらでもある」

「しかし、米軍の戦力は強力です。基地航空隊は侮れませんし、陸上部隊も数はそろっています」

「そのとおりだ。以前にも話したとおり、ハワイ作戦の準備はまだ整っていない。無理に決行すれば、必ず失敗する」

黒島が目を細めた。山本の判断が意外なようだ。

確かに、これまで山本が最もハワイ作戦を強く主張していた。ミッドウェーもその前哨戦に過ぎない。だが、七・二八事変の発生により事情は大きく変わっており、過去の意見にこだわっている場合ではなかった。

「連合艦隊は、このままFS作戦を続行する」

「わかりました。では、ヌーメアの攻略作戦ですが……」

「いや、次の目標はニューカレドニアではない」

山本の宣言に、三和や和田は目を見開いた。

「フィジーだ。米豪連絡線の要衝を一気に叩く。ニューカレドニアは航空攻撃で叩いておけば、それでいい。連絡線が完全に遮断されれば、立ち枯れる。

作戦開始は三週間後。部隊の補給が終わったら、一気に勝負に出る」

山本は立ちあがって、さらに話をつづけた。

「フィジーを制したら、そのままサモアへ出て、これも落とす。この機会にFS作戦を完遂し、豪州を連合軍から切り離す」

「そ、それはあまりにも早過ぎます。サモアの制圧まで考えますと、準備に二月《ふたつき》はかけませんと」

三和についで、和田が意見を述べる。

「ソロモンからニューへブライズまで約五七〇カイリ、そこからフィジーまでは、さらに八七〇カイリもあります。

サモアはその六〇〇カイリ先で、内地からラバウルの距離に匹敵、いえ、それ以上に離れています。うかつな攻撃はハワイ攻撃以上に危険です」

「それでは間に合わん。米軍はソロモン海戦の敗北で、フィジー、サモアの防備を固めてくる。一月もあれば、一〇〇〇機の航空機を整えてくるだろう。その前に叩かねばならん。

空母を失い、動揺している今が絶好の機会だ。一気に押し切る」

「私も同意します。やりましょう」

宇垣の声は力強かった。山本が視線を向けると、力強くうなずく。気持ちが通じているのが、はっきりとわかる。

「作戦計画をすべて前倒しする。大本営にも連絡して、その旨を伝えろ。場合によっては、参謀を寄越してもらってもいい。いいか。この三日が勝負だ」

「上陸部隊の編成はどうしますか。手持ちの兵力では足りないでしょう」

「南海支隊を増強する。陸軍にも連絡を」

トラックにはソロモン防備を強化するため、第一七軍の南海支隊が進出していた。

歩兵一個連隊が基幹で、ガダルカナルに進出後、必要に応じて兵力を増やす計画になっていた。

これを投入すれば、フィジーの米軍を叩くこともできよう。

幸い陸軍には南太平洋方面に第二師団を送り込む計画があり、すでに動員を終えてサイパンに進出していた。輸送船の手筈さえ整えば、これも間に合う。

「時間がないぞ。急げ。米軍が動く前に決着をつける。米豪遮断が成功すれば戦局は一気に変わる」

「すぐにかかります」

宇垣の返答で参謀が動き出す。

あの黒島ですら海図をのぞきこんで、なにごとか書き込んでいる。

事態は慌ただしく動き出した。

いよいよ勝負の時だ。

第3章　南海の大砲撃戦

1

一一月二五日　ニューカレドニア島

「三番機、行きます！」

飛行場の西側から九九式艦爆が進入してきた。

高度は三〇〇メートル。水平爆撃にしては高度が低いように思えるが、必中を期してのことだろう。

対空砲火をかいくぐって滑走路に迫る。

爆弾を投下したのは、雲の影が大地に広がった瞬間だった。

土煙があがり、舗装がめくれあがる。

「命中です。やりましたよ」

後席の吉永四郎《よしながしろう》一飛兵が声を張りあげる。

どこか驚いているような響きがあり、応じる山口正夫《やまぐちまさお》大尉も自然と声が高くなった。

「ああ、絶妙な攻撃だったな」

「うまくなったものです。ハワイの時には焦って攻撃していたのに」

三番機の操縦員は小田島《おだしま》一飛兵だ。操練五五期で、若手が多い翔鶴の搭乗員でもかなり若い。

真珠湾奇襲の時には、第二集団の一員として出撃したものの、見当違いのところに爆弾を投下してさんざんからかわれた。

珊瑚海でも戦果をあげることができず、悔し涙を流していた。

それが的確な進入で飛行場上空に入り、滑走路に打撃を与えた。飛躍的な進歩だ。

「ソロモン海戦で至近弾を与えたのがよかったんですかね」

「あれで自信を持ったようだな。二度目の攻撃では先頭に立って突っ込んで、ワスプにとどめを刺した」

山口が見つめるなか、小田島の機体は飛行場から離脱していく。入れ替わるようにして、第三小隊の三機が滑走路に接近する。

動きにためらいはない。

ソロモン海戦以後、搭乗員は自信を持って行動している。

翔鶴艦爆隊が攻撃しているのは、ニューカレドニアにある連合軍基地だ。

ニューカレドニアは米豪連絡線の結節点であり、複数の飛行場や港湾施設が整備されて、連合軍の一大拠点と化していた。

ここを叩いておかないと、本命の作戦をはじめた時、背後から攻撃を受ける可能性がある。基地は最優先で破壊すべき目標だった。

この二日間で赤城、蒼龍、翔鶴、瑞鶴から延べ六〇〇機の艦攻、艦爆が飛来し、飛行場や港湾施設を叩いている。

連合軍の抵抗は微弱で、いまだ空母を失った動揺から立ち直っていないようだった。

「また行きます！」

第三小隊の艦爆が機銃を放つと、重機が弾けて爆発した。

「よし。よく気づいた。これで飛行場の修理は遅れる」

「退避した機体も戻れませんね」

「本当によくやっている。この光景、高橋《たかはし》隊長に見せたかったよ」

翔鶴の飛行隊長を務めていた高橋赫一《かくいち》少佐は珊瑚海海戦の時、レキシントンに投弾した後に被弾し、壮烈な自爆を遂げた。

面倒見がよく、艦爆のみならず、艦攻や艦戦の搭乗員とも話をし、翔鶴飛行隊を一つにまとめあげようと努力していた。

一航戦や三航戦より技量が劣ると言われていたことを気にして、本当の実力を見せてやりたいと、常に山口に語っていた。

何度かの実戦を経て、翔鶴、瑞鶴の搭乗員は本当に高い技量を手にした。さながら高橋隊長の思いが乗り移ったようで、山口も感無量だった。

「隊長、そろそろ燃料が」

「おう、帰還するか。ただ、その前に……」

山口が軽く操縦桿を押すと、機体の速度が落ちて高度が下がっていく。

飛行場が徐々に近づく。格納庫は右の奥だ。

もう一度、機銃掃射をかけて打撃を与える。資材を破壊するだけでも、米軍の動きは鈍る。少しでも反撃の時間を遅らせたい。そのためならば、どんなことでもする。

山口は左から飛行場に近づいた。

あと二〇〇〇メートルだ。

2

一一月二六日　戦艦大和艦橋

「長官、機動部隊から報告です。我、ニューカレドニアの空襲に成功せり。敵航空機の活動、認められず。以上です」

「さすが南雲だな。きっちり仕事をしてくれた」

近藤信竹《こんどうのぶたけ》中将は小さく笑って、メモを受け取った。

「自信を持って部隊を動かしているように見える。開戦前とは大違いだな」

「機動部隊がなんたるかをつかんだのでしょう。手強い部下もうまく使っています」

白石万隆《しらいしかずたか》少将も笑みを浮かべた。表情には余裕がある。

「これで、ニューヘブライズについでニューカレドニアの基地もつぶしました。ヌーメアを叩けたのは大きいですな」

「豪州からの援軍を無視できるからな。艦隊が来てもとどまる場所がない」

「背後を気にせず、前進できます」

白石の言葉に近藤は正面を向いた。

南国特有の青い海が、強烈な日差しを浴びて輝いている。風が弱いせいか、白波も目立たない。

現在の海域は、ニューヘブライズ諸島から約三〇〇カイリ。フィジーまで、あと五〇〇カイリである。

ようやく、ここまで来た。

近藤はこの三週間、南太平洋艦隊司令長官として、あちこちを飛び回っていた。

山本長官の判断で作戦が前倒しになったため、近藤は部隊の編成から作戦計画の立案、補給計画、陸軍との打ち合わせなど多くの業務をこなさねばならなかった。

とりわけ艦隊の編成については、米艦隊に関する新しい情報が入ったこともあり、戦隊の入れ替えをおこなわねばならず、確定するまでひどく手間どった。

トラックを出撃しても連合艦隊司令部からは次々と命令が入り、司令部は混乱した。

ようやく落ち着いたのは、ソロモンの北方を通過する頃合いだった。

書類の山に埋もれる日々は終わった。

あとは戦うだけだ。

近藤は首を振って回想を断つと、白石を見た。

「攻略部隊はついてきているな」

「はい。定時報告が入りました。ソロモン海からニューヘブライズ諸島方面に抜けたようです。我が艦隊の後方二〇〇カイリに位置しています」

「攻撃は受けていないか」

「今のところは。米潜水艦の動きも確認されておりません」

「無線封止までの時間は？」

「あと一〇時間です。その後は、フィジー攻略作戦がはじまるまで連絡を取ることはできません」

「なんとか間に合ったか」

フィジー攻略作戦は大幅に予定を前倒しにして、一一月二三日、発動となった。

艦隊は主力部隊、機動部隊、攻略部隊から編成され、主力部隊は近藤が直率する。

機動部隊はこれまでどおり南雲中将が指揮し、攻略部隊は第八艦隊の五藤存知《ごとうありとも》少将が束ねる。

作戦そのものはオーソドックスで、まず機動部隊が先行して飛行場をつぶし、航空優勢を確保。

その後、主力部隊が米艦隊を撃退して制海権を取る。攻略部隊の登場は最後で、輸送船団を護衛してフィジー諸島に接近、艦砲射撃をかける。

フィジー諸島の中心はビチレブ島とバヌアレブ島で、連合軍の施設もこの二島に集中している。

当然、制圧するのもこの二島で、南海支隊の主力が全力で要衝を占領する。

攻略に要する日数は一〇日と見られており、これ以上かかるようであれば、サモア攻略用の第二師団主力を投入する予定だった。

もちろん、これは机上の計画であり、状況次第で対応は変わってくる。

「簡単にはいかんだろうな」

近藤の言葉に白石が反応した。

「何がですか」

「いや、フィジー作戦だよ。連合軍も簡単には譲るまい」

「同感です。ヌーメアが打撃を受けた今、フィジーは米豪連絡線にとって最後の砦。ここを失えば通商路は事実上、断たれるでしょう。全力で迎撃に出るはずです」

「戦艦が出てくるのも当然か」

フィジー周辺には米戦艦が展開している。

現在確認されているのは、ノースカロライナ級が二隻、コロラド級が一隻だ。

真珠湾の難を逃れた艦で、これまでは喪失を恐れて前線に出てくることはなかった。それを投入してくるのだから、フィジー防戦にかける意気込みがわかろうというものだ。

「ノースカロライナ級は、竣工したばかりの新型です。侮れません」

「基地航空部隊も展開しているだろう。空母がないからといって、簡単に航空優勢を確保できるとは思わないことだ」

米軍の反撃は苛烈になる。ソロモン海戦のように一方的な展開にはなるまい。

「ですが、我々も限られた時間の中で準備を整えてきました。とりわけ、この大和を投入できたのは幸運でした」

「そうだな」

近藤が視線を前に向けると、巨大な船体が視界に飛び込んできた。

羅針艦橋から見おろす艦首は、これまでに見てきたどの戦艦よりも大きく、迫力がある。

二基の三連装砲塔は、南国の日差しを浴びて鈍く輝く。六万四〇〇〇トンの船体は見た目からして違う。

昨年、竣工したばかりの新型戦艦大和だ。四六センチ砲九門を搭載し、一五万三〇〇〇馬力の機関で二七ノットの艦速を叩き出す。

帝国海軍の技術を詰め込んだ最新鋭戦艦で、アメリカ艦隊との決戦では先頭を切って戦うことが期待されていた。

今回の作戦にあたって大和、長門《ながと》、陸奥《むつ》の戦艦三隻は、米戦艦が待機しているという情報を受け、急遽、第一艦隊から主力部隊にまわされた。

同時に近藤も将旗を大和に移し、充実した施設を生かす形で艦隊を束ねている。

「真珠湾、マレー沖、そしてソロモン海戦と、海戦の主役は航空に移ってしまい、戦艦の出番はとんとなくなっていましたが、今回、敵戦艦が出てきたおかげで前線に進出できました。幸運でしたね」

「乗員の士気もあがっているようだな」

大和はミッドウェーでもソロモン海戦でも後方にとどまり、戦いに参加する機会がなかった。

それだけにフィジー作戦への思いは強く、高柳艦長を含めた乗員は、大和の能力を最大限に引き出すべく、自らの仕事に集中していた。

「フィジー攻撃は、予定どおりにできそうか」

「おそらくは。機動部隊も今日中にニューカレドニア周辺海域から移動するはずです。準備を整える時間を考えても、三〇日には攻撃をかけることができるかと」

「よし。それまでに、こちらも位置につく。潜水艦と陸軍重爆に警戒。作戦前に損傷するような事態は避けよ」

「はっ」

白石は作戦参謀の柳沢蔵之介《やなぎさわくらのすけ》大佐を呼んで、打ち合わせをはじめた。

近藤は口を閉ざして正面を見る。

六万四〇〇〇トンの船体を見ると、闘志が沸き立つのを感じる。

巨大な四六センチの主砲は、直撃さえすれば米戦艦を打ち砕く。

その瞬間を早く見たい。近藤は、そのようにすら思っていた。

3

一一月二八日　ビチレブ島ナンディ

南太平洋方面司令長官ロバート・L・ゴームリーは艦橋にあがると、待っていた参謀長に語りかけた。

「日本艦隊は、どこまで来た？」

「ビチレブの北北東四〇〇カイリで、空母を確認しています。数は四隻、進路は九〇」

「北東から突っ込んでくるつもりか。ほかには」

「戦艦、重巡が空母の南に位置しています。こちらはまっすぐフィジーに向かっています」

「上陸部隊はどうだ？」

「確認できていません。ですが、飛行艇の報告によれば、それらしき輸送船が存在しているようですから、間違いなくこちらに向かっているものかと」

「ニューカレドニアを無視して、一気にフィジーか。日本軍も思い切ったな」

ゴームリーが顔をしかめると、参謀長のダニエル・J・キャラハン少将も表情を曇らせた。

「準備が整っていないと見たのでしょう。こちらに時間を与えるよりは、拙速でもフィジーを制圧して、オーストラリアを脱落させる戦略に出たと考えられます。

認めるのは腹立たしいですが、それは正鵠《せいこく》を射ています」

「あと三週間、いや二週間あれば、どうにかなったものを」

ソロモン海戦の敗戦を受けて太平洋艦隊は、即座にフィジー、ニューカレドニア、サモアの防備強化に取りかかった。

基地航空部隊を強化する一方、できるだけ多くの艦艇を送り込み、日本海軍の前進を阻止する計画だった。

太平洋艦隊司令部は身内の航空隊を動かすだけでなく、陸軍にも声をかけ、P‐39やP‐40をできるかぎりそろえてもらった。

ヨーロッパ向けのB‐17やB‐25もまわしてもらえないかと打診し、陸軍航空隊司令部の許可を取っている。

イギリス海軍にも連絡を取り、空母ヴィクトリアスを太平洋方面にまわしてもらうように手配していた。

やるべきことは全部やっていたが、日本軍の動きは速く、彼らの対応は常に後手にまわった。

ヴィクトリアスの到着は一二月半ばの予定だったし、B‐17やB‐25も二週間後でないとまわすことができないと言われている。

基地航空隊も、空母の喪失で機体の輸送に手間どり、十分に数をそろえることはできなかった。

ハワイに日本海軍が来るという情報もあり、新鋭戦艦のサウスダコタやマサチューセッツを動かすことができないのも痛かった。

結局、ゴームリーは戦艦三隻、重巡四隻を中心とした小規模な艦隊で、日本艦隊と対峙せざるをえず、状況はよくなかった。

「いかにも苦しいな」

「同感ですが、悪いことばかりではありません。基地の増設は完了し、網の目作戦《オペレーション・メッシュ》の準備はできました。機体もサモアからまわしてもらい、最低限の機体はそろえました。やれるはずです」

「敵の空母が四隻ならなんとかなるが、これ以上、数が増えると苦しいな」

「残りの空母は、位置が確認できていません」

「珊瑚海で、潜水艦の警戒でもしているのかもしれん。ラバウルからの距離も遠い。さすがに背後をガラ空きにするような真似はしまい」

「同感ですが、日本軍は何をしてくるかわかりません。警戒は最大限にするべきです」

「わかっているさ」

状況は危機的であり、ここで彼らが敗れれば、連合軍の太平洋戦略は破綻する。

なんとしても勝たねばならない。

ゴームリーは周囲を見回した。

戦艦ワシントンの艦橋では、将兵が己《おのれ》の仕事を懸命に果たしている。

時折、荒々しい声も飛ぶ。引き締まった表情を見れば、厳しい状況が嫌でもわかる。

二八日の午後、ワシントンは日本艦隊を迎え撃つため、ビチレブ島のナンディを出港する。

二日後には、砲火を交えることになろう。

敵も戦艦を投入しているのは判明しており、厳しい戦いになることははっきりしていた。

「フィッチやハーモンから連絡はあったか」

「はい。機体はそろったので、命令を待って作戦を実施するとのことです」

「確認しよう」

ゴームリーは、キャラハンとともに海図台に歩み寄った。先に指を動かしたのは参謀長だ。

「日本艦隊が攻撃可能圏内に入りましたら、基地航空部隊の攻撃隊を繰りだし、攻撃をかけます。敵の先陣を切るのは空母でしょうから、まずはそれをねらい撃ちにします。制空権を確保できれば、絶対的に有利ですから」

「その後は、上陸部隊をねらうか」

「はい。日本艦隊の動きを見るかぎり、フィジーの制圧を考えていることは確実。ならば、必ず上陸部隊を伴っているはずで、これを水上艦、航空部隊で攻撃します。

敵戦艦が出てきたら我々も戦艦を投入、これを撃破します。制空権が確保できていたら、航空部隊による攻撃を先に行ない、その後、艦隊による砲撃戦となります」

「上陸部隊を叩けば、日本艦隊は目標を失うな」

「そう思います。制圧ができないとなれば、敵艦隊は後退に入り、ソロモン諸島でしばらく様子を見ると思われます」

「ニューカレドニアをねらう可能性はないか。空母の攻撃で、ほぼ壊滅しているからな。その気になれば、いつでも取ることができる」

「余力があるでしょうか。日本本土からニューカレドニアまでは途方もない距離があり、大部隊の輸送には困難を伴います。実際、新しい輸送船団は確認されていません」

「距離は我々にとって味方か」

フィジーやニューカレドニアは、日本海軍の能力をもってしても攻勢限界点ぎりぎりか、少し超えている可能性がある。

補給は困難を極め、一度、大きな打撃を受けたら回復は不可能だろう。

「ならば、それを生かすしかありません。日本艦隊に打撃を与え、フィジーを守り切ったら、その後は潜水艦部隊と協力、補給を寸断する作戦を押しすすめて行動に制約をかけます」

「なんとかソロモンに押し込みたいな」

「できるなら、ラバウルまで追いやりたいですね。そこまでやれば時間を稼げるでしょうから、反攻の態勢を作ることができます」

「新型空母も竣工し、航空部隊も充実するわけだ」

「中部太平洋での反撃も期待できます」

現時点で日本の補給線は伸びきっている。

それを生かすには、フィジーを維持して南太平洋の戦いを長期戦に持ち込み、敵の物資が尽きるのを待つしかない。

日本艦隊は強力で、ゴームリーには不安が残るが、今はやるしかなかった。

「レーダーは使えるな」

「はい。すでに準備は完了しています」

「よし。では、二時間後に出るぞ。準備を進めるよう各艦に通達」

キャラハンは敬礼すると、ノースカロライナの艦橋を出た。残ったゴームリーは後ろで手を組むと、正面を見る。

決戦は、すぐそこに迫っている。その事実をゴームリーはひしひしと感じていた。

4

一二月一日　ビチレブ島北西一〇〇カイリ

兼子正大尉は、グラマンが味方の上空にまわり込むのを見て、進路を変えた。

高度を下げて突っ込み、右側面につける。

機体が照準眼鏡に入ったところで、グラマンは右に逃げる。急旋回で、ガスの塊をかすめるようにして距離を取った。

「すばやい」

空戦は一瞬の判断が勝負だ。

駄目だと思ったら、すばやく退き、勝負と思ったところで突っ込む。その見極めができないと、すぐに命を落とす。

兼子は周囲を見回した後で、視線を右下方に向ける。

先刻、救った味方はグラマンの右後方にまわり込んだ。機銃を放つも命中しない。

グラマンは重い機体を左右に揺さぶって、照準を絞らせない。

第二撃、第三撃もむなしく宙を切る。

そのうち左上方から敵が迫り、零戦は戦闘空域を離れた。搭乗員は大きく旋回しながら、再度、突入の機会をうかがっている。

その間にも空戦は激しくなる。敵味方の機体はからみあって、相手をねじ伏せようとしている。

「こいつは、厄介だぞ」

グラマンの数が増えている。

こちらの二〇に対して、向こうは倍の四〇機だ。この三分ほどで一〇機が援軍に現われており、味方の攻撃隊を支援するのはむずかしくなった。

フィジー航空戦がはじまってから二日になるが、味方はいまだに主導権を取れない。

連合軍の壁は厚く、なかなかビチレブ島の飛行場に攻撃をかけられないし、成功しても滑走路に打撃を与えるのが精一杯で、基地機能を奪い取ることはできなかった。

「ええい、どけ」

兼子は高度を落として戦闘空域に飛び込む。

思い切って上から飛び込み、グラマンを照準に収めたところで機銃を放つ。

機銃弾は右に外れる。

雑な攻撃では、やはりうまくいかない。

彼のみならず、他の零戦も動きがよくない。グラマンに阻まれて、味方の攻撃隊をうまく支援できない。とにかく、敵の数が多い。

彼らがフィジーに侵攻すると、最低でも三〇、多い時には五〇の敵機が姿を見せる。

昨日はグラマンだけでなく、陸軍機のカーチスやベルも出てきて彼らを迎え撃った。

性能は零戦が上回っていても、数で押されるとやはり厳しく、防戦一方の展開となる。

二日間の戦いで、犠牲は確実に増えた。

「なぜ、敵が減らないのか」

飛行場の攻撃にはそれなりに成功しているのに、米軍の航空隊は途切れることなく姿を見せる。修復するにしても、あまりにも早過ぎる。

いったい、どこに原因があるのか。

兼子は唇を噛みしめつつ、高度を落とす。太陽の位置を確認し、グラマンの後方にまわり込む。

相手はこちらの接近に気づいていない。

一気に距離を詰めると、兼子はグラマンの後方上空につく。ようやくパイロットが振り向く。その瞬間をねらって、兼子は二〇ミリ弾を叩き込んだ。

一瞬で胴体が砕け、敵パイロットは機体と命運をともにした。

喜ぶ間もなく、兼子は高度を取る。

危機に落ちた味方を探すため、周囲を見回していると、同じ翔鶴の零戦が翼を並べてきた。

亀井富男《かめいとみお》一飛曹だ。瑞鶴から転属してきた搭乗員で、甲飛二期の強者《つわもの》である。

亀井が翼を振るので気になって視線を転じると、東の空に黒い点が浮かんでいるのが見えた。

数は二〇あまり。

敵機だ。動きから見て、こちらに向かっている。

「まだ来るのか」

いったい、どれだけ機体を用意しているのか。どこまで援軍を投入して彼らを迎え撃つのか。

兼子は亀井を伴って、進路を新しい敵に向けた。

果たして、どこまで抑えられるか。

苦しいが、やるしかあるまい。

5

二月二日　赤城艦橋

「第二次攻撃隊、帰還しました。未帰還、艦戦三、艦攻一、艦爆一。このうち艦戦二機は敵機に撃墜されております。残り三機は行方不明」

草鹿参謀長の悲痛な報告を、南雲は歯を噛みしめながら聞いていた。

横では高田と源田が、同じように顔をゆがめている。言葉は出ないようだ。

「迎撃を受けたのは、このあたりです」

草鹿は指で海図の一点を示した。

「米軍は、待っていたかのように迎撃隊を繰りだし、我々の攻撃隊にぶつけてきました。突破した機体は三〇機中、一〇機。そのうち飛行場攻撃に成功したのは、五機に過ぎません」

「敵基地の様子はどうなっているか」

「一度は攻撃に成功しましたが修復が進んでおり、再攻撃の必要ありとのことです。明日になれば、敵航空隊が再度展開することも考えられます」

「しかし、再攻撃するには敵戦闘機を撃退せねばなりません。いったい、どれだけ出ているのか。かなり叩き落としているのですが」

源田が目を吊りあげて海図をにらんだ。

「飛行場がどこにあるのかも気になります。ビチレブはあらかた叩きましたし、バヌアレブも第四航空戦隊が攻撃しています。動きは封じているはずなのに、どこから来るのか」

赤城の艦橋は空気が張りつめている。

フィジー航空戦にあたって機動部隊は一航戦の赤城、蒼龍、二航戦の翔鶴、瑞鶴だけでなく、到着が間に合った四航戦の龍驤、飛鷹、隼鷹も投入して攻勢をかけている。

放った機体は、延べ六〇〇機を超える。

それでもフィジー周辺の航空優勢は確保できなかった。

「おそらく敵は、レーダーを使って我々の進路を読み、的確に迎撃隊を送り込んでいると思われます」

高田は海図から視線をそらさなかった。

「ソロモン海戦の時と同じです。陸上のレーダーは艦艇のものより優秀ですから、確実に位置は捕捉されています。我々は、常に待ち伏せ攻撃を受けていると見るべきです」

「だが、敵もこれまでの空戦で打撃を受けています。なのに、なぜ、ここまで反撃できるのか。レーダーだけとは思えません」

源田は首をひねった。

四人は海図を見たまま沈黙する。

それが破られたのは、赤城が風上に舵を切り、直掩隊の出撃を試みた時だった。

「もしかすると、敵は基地を移動しているのではありませんか」

高田だった。指が静かに海図を滑る。

「ビチレブやバヌアレブだけでなく、周辺の島々にも飛行場を作り、航空隊を次々に移動させていると思われます。出撃して作戦が終わったら、最も近い飛行場に戻して補給と休養。そして敵が来たら反撃に出て、別の飛行場に移るのです」

「なるほど、それならば、一つの飛行場がつぶされても作戦は継続できる」

南雲の言葉に、すぐさま源田が疑問を投げかける。

「しかし、それだと数をそろえにくい。出撃させても機体がそろわず、攻撃がばらばらになるはず。しかし、今の米軍は統一された迎撃ができています」

「それも、レーダーと通信だな」

草鹿が割って入った。

「レーダーがあれば、我々の侵攻経路は予測できる。到達予想空域に飛行機が集結できるように仕向ければ、数はそろう。部隊ごとの差はあろうが、態勢は整うかもしれん」

「網の目を張って、我々がかかるのを待つわけか。これは厄介だな」

部隊が異なれば、連携に不備が出る。

陸軍と海軍の壁もあろう。なのに、きっちり機体をそろえ、こちらの攻撃隊を追いはらっている。時間がない状況下で、よくここまで迎撃態勢を作りあげたものだ。

「どうしますか」

「しらみつぶしにいくしかあるまい」

草鹿の問いに、南雲は渋い表情で応じた。

「敵の航空隊を叩きつつ、索敵を強化して未知の基地を発見、攻撃する。ビチレブ周辺のみならず、バヌアレブやその西方まで手を伸ばす。

できるかぎり広い範囲を捜索して、飛行場をあぶり出す。米軍も無限に飛行場を作っているわけではない。必ず撃破できる」

「問題があるとすれば、時間ですか」

「ああ、すべての基地を叩くとなれば、一日や二日ではできん。四日か、それ以上、かかるかもしれん。そうなると上陸作戦に支障が出る」

「戦艦部隊や攻略部隊の直掩も困難になります。すでに米軍水上艦部隊が進出しており、近いうちに主力艦による砲撃戦がはじまります。その時に支援ができないのは、味方にとってもよろしくありません」

源田は言葉を切ってから南雲を見た。

「一度、基地への攻撃は控えませんか。まずは主力部隊への支援をおこなってから再度、基地攻撃に突入するべきかと」

「それはできん。我々の目標は航空優勢の確保にある。敵戦艦を空襲すれば戦果はあがるが、作戦全体から見れば効果は限定的だ。今は基地攻撃を優先するべきだ」

「しかし、それでは……」

「主力部隊と米戦艦部隊の接触は、いつになる?」

源田の意見を抑えて、南雲は高田に尋ねた。

「おそらく明朝かと。互いに正面からぶつかり合う形で進んでおり、転進する気配はありません」

「ならば戦艦部隊は、近藤長官におまかせしよう。我々は、海戦の上空に敵機が入らぬように押し込んでいけばいい」

不本意な形であるが、連合軍がここまで防備を固めているのならば、やむをえない。今は敵の基地航空隊を叩き、フィジー上空の航空優勢を確保することに専念する。ほかにはない」

南雲は源田と高田に作戦案の立案を命じると、艦橋を出て発着艦指揮所に移った。

ちょうど零戦が発艦するところで、カン高いエンジン音が甲板上で響いていた。

向かい風を受けつつ、最初の一機が動き出す。力強い動きで出撃するまで、たいして時はかからない。

南雲は、上昇する零戦を目で追う。

敵基地航空隊は強力であり、もしかすると機動部隊に敵が迫るかもしれない。直掩の零戦が突破されることもありうる。

それは危険であるが、一方で敵戦艦部隊から航空部隊を引き離すことにもなり、味方の戦艦を航空攻撃から守ることができる。

消極的だが、これも支援であろう。

彼我の航空機がない状況での砲撃戦。それは味方にとって悪くない状況だ。

「まかせましたよ、近藤長官」

ソロモン海戦は空母の戦いで終わったが、フィジー沖海戦は様相が異なる。

おそらく決着をつけるのは……。

南雲は口を結ぶと、飛行甲板に目を落とす。

その心には、敵に主砲を向ける巨大戦艦の姿があった。

6

一二月二日　戦艦大和艦橋

「だんちゃーく」

見張員の報告を聞いて大和艦長、高柳儀八少将は身体が震えるのを感じた。

血がたぎり、心が熱くなるのがわかる。

ミッドウェーでは、このような感覚はなかった。いや、大和の艦長になってから、はじめておぼえる感覚だ。

こみあげる興奮を懸命に抑えつつ、高柳は見張員に尋ねた。

「どうか」

「敵一番艦前方に着弾！　動きに変化なし」

さすがに初弾から直撃とはいかない。胸算用がよすぎたか。

高柳が腹に力をこめると、大和の主砲が轟く。衝撃が船体を揺るがし、砲煙が前檣楼《ぜんしょうろう》をつつむ。

「ようやくはじまったな」

一二月二日の〇六五四、主力部隊はついにアメリカ戦艦部隊を発見、戦闘準備に入った。

航空偵察により敵の動きはつかんでおり、砲撃戦になることはわかっていたが、実際に伝令が情報を告げた時、艦橋の空気は一気に張りつめた。

細かい転進の末、日米艦隊は距離三万八〇〇〇で同航戦に入った。

測距をおこない、砲弾と炸薬が主砲に装填される。近藤長官が撃ち方はじめを命じたのは、〇七三一のことだった。

砲撃戦はつづいており、大和と敵艦隊の距離は縮まりつつある。

間を置かずに大和の主砲が轟き、艦橋が激しく揺れる。

四六センチ砲の衝撃波は他の主砲とはまったく異なる。装甲に囲まれた艦橋に立っていても、頭がしびれるほどだ。

大和は交互撃ち方で敵一番艦をねらっている。

今回は三番、六番、九番が咆哮した。

果たして結果は……。

見張員が着弾を告げる。

「直撃はなし」

いずれも近弾で夾叉《きょうさ》とはいかない。

「もどかしいですな。ぱっと直撃とはいかんのですか」

白石参謀長が高柳に顔を向けた。

表情に焦りを見て、高柳は苦笑した。

「簡単にはいかんよ。距離はまだ三万二〇〇〇メートルだ。敵も味方も激しく動いている中で、夾叉などできるものではないさ」

白石は海兵の一つ後輩で、海大ではともに学んだ仲だ。自然とくだけた口調になる。

「しかし、早々に叩かないと……」

「艦長の言うとおりだ、参謀長。まだ砲撃ははじまったばかりだ。簡単にはいかないさ」

近藤長官が穏やかにたしなめた。

「勝負は二万五〇〇〇メートルを切ってからか」

「できることなら、二万八〇〇〇メートルで捉えたいですね。あまり接近すると、米軍の反撃も侮れません」

「敵艦発砲！」

見張員が絶叫する。

その声を封じるかのように主砲がうなる。

今度は一番、四番砲、七番砲だ。

砲煙がたなびき、船体が震える。

弾着の報告があったのは、敵の砲弾が右舷の海面を叩く前だった。

「ずいぶんと敵の砲弾は遅いな。何か問題があるのか」

近藤の問いに高柳は首をひねった。

「わかりません。これまでのところ敵の様子に変化はありません」

「敵は最新鋭のノースカロライナ級だ。発射機構に問題があるとは考えにくいな」

「竣工したてで、乗員が慣れていないのかもしれません」

「それはなかろう。ノースカロライナ級の実戦配備は一年前だ。つまり、この大和と同時期。向こうが駄目なら、大和にも問題が出ることになる。どうなのだ」

「そんなことはありません。大和は、その能力を完璧に発揮できます」

高柳は自信を持って言い切った。

乗員は自分のやるべきことを熟知しており、完璧に自らの作業をこなしている。性能を発揮できないはずがない。

「向こうも海戦の時を待っていたはずで、士気は最高だろう。乗員の手際が悪いとは考えにくい」

「では、いったい、どういうわけで」

「わからん。はっきりするのは、敵を打ち負かしたその時だけかもしれんな」

大和が、さらに主砲を放つ。入れ替わるようにして、見張員が新しい報告をおこなう。

「敵一番艦、転進。方位一〇！」

「離れるのか。大和の主砲を見て恐れをなしたか」

近藤は白石を見ていた。

「どう思う？」

「無理して接近戦に持ち込むつもりはないのかもしれません。上陸作戦を防ぐことができれば、それでいいわけで、時間を稼ぐ策に出ることもありえます」

「航空戦も膠着《こうちゃく》しているしな」

「長官、ここは積極策に出るべきです。大和の火力を生かせば、我々は優位に立てます」

白石の進言を受けて近藤は高柳を見た。

その意味するところは明らかだ。

高柳がうなずくと、近藤は即座に新しい命令を下した。

「面舵。方位二〇！　敵との距離を詰めるぞ」

7

一二月二日　ワシントン艦橋

穏やかな海面で爆発が起き、水柱があがった。左舷前方で、一時はワシントンの前檣楼トップより高くなったものの、すぐに重力に引かれて海面に崩れ落ちる。

白波が押し寄せ、艦首を洗う。

「敵二番艦の攻撃、つづきます。三発」

「警戒を厳にしろ。変化があったら報告！」

戦艦ワシントン艦長、グレン・Ｂ・デイビス大佐は吠える。

士官が復唱し、見張員の間に緊張が走る。

間を置かず、敵一番艦の砲弾が舞い落ちた。たてつづけに三本の水柱があがる。距離があるのでワシントンには影響がないが、その迫力には息を呑まざるをえない。

「やはり敵の主砲は、一八インチなのではないか」

デイビスが問いかけると士官が反応した。

見張員を束ねるアーサー・マッケンジー中尉だ。

「そんな。我々ですら開発していないのに」

「ありうる話だ。七月、日本でクーデターが起きた時に、巨大戦艦が姿を見せて鎮圧にあたったという。その砲塔は桁違いに大きかったようだ」

「我々は、その戦艦と戦っているのですか」

「敵一番艦のサイズを考えれば、可能性は高い」

敵が一八インチ砲を装備しているなら、味方は不利だ。ワシントンの装甲で、敵一番艦の攻撃を防ぐことはできない。

ただでさえ一六インチ砲弾への防御力が不足していると言われているのに、一八インチの砲弾が命中したら、バイタルパートに砲弾が飛び込んで爆発するだろう。

一気に弾薬が誘爆する可能性もあり、きわめて危険な展開だ。

「この状況で、あの作戦がうまくいくのか」

デイビスは司令塔に連絡を取ろうとして、ぎりぎりのところでやめた。

余計な疑念をぶつけても意味はない。

ワシントンは第二一任務部隊の旗艦で、その司令塔にはゴームリー司令長官が入って指揮を執っている。

これまでの戦い方から見て、きちんと状況を把握できていることは間違いなく、判断は的確だ。

距離を保ちつつ、冷静に攻撃している。

まもなく決定的な命令が来るだろう。

だが、それは本当にうまくいくのか。

彼らが作戦を立案した時、相手として長門型、もしくは伊勢型を想定しており、巨大戦艦の存在は勘案していなかった。

一六インチ砲の三隻ならば、味方のノースカロライナ、ワシントン、そしてメリーランドで互角に戦えると見て、勝負に出た。

想定とは異なる相手が出てきたとなれば、こちらの戦いは苦しい。ほかに打つ手があれば変えたいところだが、残念なことに現実は非情だった。

デイビスが顔をしかめた時、空気を切る音が頭上から迫ってきた。

ワシントンの左舷で大爆発が起きる。

「左舷至近弾！」

見張員が叫ぶのにあわせて、船体が激しく上下に揺れた。

破片が飛び散り、艦橋の装甲を激しく叩く。

沸騰した海水は巨大な塊となって、ワシントンの舷側に押し寄せる。

「被害状況、知らせ！」

「下甲板、浸水。応急班、入ります」

「操作室にダメージ、二名負傷！」

ダメージは思ったよりも大きい。

やはり砲弾の威力が違う。

どうするのか。このままの距離を維持して戦うのか、それとも……。

デイビスの脳裏に迷いがよぎった時、司令塔からの電話が鳴った。

いよいよ作戦がはじまるのだ。

8

一二月二日　ビチレブ島西北西二一五〇カイリ

「敵駆逐艦、出ました。敵艦隊の左舷」

海長の言葉に有馬晴吉《はるきち》中佐は顔を向けた。

シムス級の駆逐艦が右舷を駆け抜ける。四隻で、そのさらに右舷を航行する同型艦を追い越すような動きだ。

左に転進しているところを見ると、こちらに仕掛けるつもりらしい。

「黒潮《くろしお》からの連絡は？」

「我につづけ。それだけです」

「さすが司令、これぐらいでは怯まないか」

第一五駆逐隊を指揮するのは、黒潮に座乗する佐藤寅治郎《さとうとらじろう》大佐だ。

駆逐艦乗りとしての経験は長く、人柄もよい。怯懦《きょうだ》で判断を誤るようなことはなく、安心して従うことができる。

「敵駆逐隊に近づく。おもかーじ！」

有馬の命令に、駆逐艦親潮《おやしお》は機敏に反応する。

たちまち敵駆逐隊との距離は詰まる。

さすがに新型の陽炎《かげろう》型だ。

前に指揮を執っていた綾波《あやなみ》もいい船だったが、それ以上の手応えを感じる。

「もどーせー」

艦首が戻って、親潮は矢のように南太平洋を駆け抜ける。

「右砲撃戦準備。距離五〇〇〇まで接近したら、砲撃開始」

「右砲戦準備」

砲術長の復唱が響き、親潮の主砲が右舷を指向する。

「敵との距離は？」

「あと七〇〇〇！」

「よし。ここは辛抱だぞ。うかつに手を出して、無駄弾を撃つことはない。ゆっくり距離を詰めて……」

「敵駆逐隊、転進！　接近してきます」

「まさか、この間合いでか」

有馬は驚いた。

まさか、ここで敵駆逐隊が接近してくるとは。

なんとも積極的だ。

それほどまでに戦艦への攻撃を防ぎたいのか。それとも他に何か理由があってのことか。

有馬が顔を向けると、駆逐隊のさらに右舷側で水柱があがった。第一戦隊の砲撃だ。

今まさに、味方の戦艦は敵戦艦と雌雄を決するべく、砲弾を放ちつづけている。

距離は二万六〇〇〇まで縮まっており、いつ命中弾があってもおかしくない。

危機感をおぼえた米艦隊は駆逐隊を繰りだし、第一戦隊への牽制をはじめた。

八隻で、すべての駆逐艦が米艦隊の左舷、つまり日本艦隊と米艦隊の間に入っている。勇気を振り絞っての行動で賞賛に値する。

「敵三番艦、距離五〇〇〇！」

「撃ち方、はじめ！」

一二センチ主砲がうなり、シムス級の左舷で水柱があがる。

同時に敵の主砲もきらめき、親潮の右舷で爆発が起きる。

「右舷至近弾！」

「近くはないぞ。たいした被害は出ておらん」

有馬が応じる間にも主砲が咆哮する。たてつづけに砲弾が舞い落ち、水の幕で姿が隠れる。

「敵の動きはどうか」

「二列のままです。後方の駆逐隊、さらに前に出ます」

「追い越すのか」

どうなっているのか。

砲戦を仕掛けるなら、単縦陣が有利だ。すべての艦艇がすべての砲門を敵に指向でき、命中率は飛躍的にあがる。

敵は八隻の駆逐艦を二列に並べており、直接交戦しているのは手前側の四隻だけだ。

迎え撃つ第一五駆逐隊は黒潮、親潮、早潮《はやしお》の三隻だけで、数で見れば米駆逐隊が上だ。

敵が単縦陣で来たら数で圧倒できるのに、なぜ二列縦隊の陣形を取るのか。

意図を見抜けぬまま、有馬は命令を下す。

「砲撃、敵二番艦に集中。一気に突破する」

「敵艦発砲！」

「撃ち負けるな。ここはなんとしても……」

言い終えるより先に船体が激しく揺れた。

下から蹴飛ばされたかのような強烈な突き上げがくる。見張員が倒れて、部品が弾け飛んだ。

「艦尾に直撃！　炎上中！」

「消火作業、急げ！　砲撃は止めるな」

主砲がうなり、硝煙が流れる。

直後、シムス級の艦首で爆発が起きた。

「シムス級に直撃。一番砲塔付近！」

「よし。なんとしても押し切れ。勝負はこれからだ！」

「後方の駆逐艦、煙幕展開！」

「なんだと！」

有馬が見ると、後方の米駆逐艦から黒い煙があがっていた。それはたちまち濃くなり、視界を奪っていく。

あの位置で煙幕を張れば、自分たちだけでなく、後方の戦艦部隊にも影響が出る。

視界が悪くなって測距は困難になるはずだ。

彼我の戦艦は、距離二万五〇〇〇メートルで対峙している。砲戦が本格化する時期に、煙幕で身を隠してどうするつもりなのか。後退はないはずで、ここまで出てきたからには何か策が……。

その直後、脳裏に閃きが走る。

「まさか！」

有馬は煙幕の広がる海面を見つめる。

彼方から轟音が響く。

敵戦艦は、砲撃をつづけていた。

9

一二月二日　ビチレブ島西北西二一五〇カイリ

「撃ち方、やめ！」

高柳が青ざめた表情で指示を下すのを、近藤は手を握りしめて見ていた。

言葉は自然と重くなる。

「やられた。敵はこれをねらっていたんだ」

「はい。距離の取り方も、駆逐艦投入の間合いも絶妙でした。この状況では下がって態勢を立て直すのは困難です」

白石が説明する間にも、大和の左舷に砲弾が舞い落ちた。四発で、強烈な衝撃波が船体を叩く。

「長門にも至近弾！　損傷は軽微！」

悲痛な報告がたてつづけに届く。

一方的に砲撃をかける米戦艦に対して、主力部隊は対処する術《すべ》がない。

大和も自慢の四六センチ砲を放つ機会がない。

進路を微妙に変えつつ、前進するだけだ。

「敵は距離二万五〇〇〇で煙幕を展開しました。向こうも視界が遮られますが、こちらも敵を捉えることはできません。これまでの海戦ならば、ここで終了となるのですが、今回は違いました」

「ああ。米軍はレーダーを持っていて、光学測距なしでの砲撃が可能だ。これでは……」

またもや砲弾が海面を叩き、白波が大和に押し寄せる。今度は右舷だ。

先刻から、主力部隊は一方的に攻撃されている。反撃しようにも、敵を捕捉できなければどうにもならず、近藤も砲撃中止を命じざるをえなかった。

「夾叉されたか。射撃は正確だな」

近藤は忌々しげに煙幕を見つめる。

「しかし、いかにレーダーを持っているとはいえ、ここまで正確な射撃ができるものなのか。砲撃に必要なのは測距の技術だけではないぞ」

「時間的に、射撃指揮装置や計算盤を改良するのは無理です。おそらく旧来の装備を使いつつ、うまくレーダーからの諸元を応用し、砲撃を実施していると思われます」

「そこまで米軍は工夫しているのか」

「彼らもここが抜かれたら、後がないことはわかっています。ならば手持ちの武器を使って、できるかぎり強力な防御陣を組みあげようとするはず。今回の戦策もその一つでしょう」

「確かに。航空でも策を講じていたからな」

今回、基地航空隊は飛行場をあえて分散して、標的を絞らせない戦術を採った。

機動部隊は飛行場をしらみつぶしに攻撃しているが、航空優勢を確保したとはいえない状況だ。

主力部隊が砲撃戦をはじめても、直掩の零戦を八機送り込むだけで精一杯だった。

数で優っている南太平洋艦隊を、連合軍は総力をあげて食い止めている。

「だが、下がることはできん。ここで我々が後退することになれば、作戦に支障が出る」

近藤は言葉に力を込めた。

彼らが後退すれば攻略部隊は接近できず、上陸作戦は当面、延期となる。

その間に連合軍は部隊を再編し、より強固な防御態勢を作りあげるだろう。航空機や艦艇が増えれば、フィジー攻略は今回以上に困難だ。

「早急に手を打たねばならん」

敵の砲弾の爆発音が消えたところで、近藤は改めて白石を見た。

「いかな米軍といえども、レーダーによる攻撃が完璧に実施できるとは思えん。相当に無理しているだろう」

「同意します。制度が確立しているとは思えず、隙はあると思います」

白石は右舷を見つめた。煙幕はあいかわらず青い空を黒く染めあげている。

「光学測距が封じられている現在、米艦隊は我々を砲撃できても、着弾の修正は困難です。レーダーでは、どこに着弾したのかわかりませんし、零戦が展開しているので観測機を出すこともできません。精度の向上は不可能でしょう」

「今は、とにかく標的に向かって撃つだけか」

「ですが、侮れません。敵は砲弾を撃てるだけ撃って、直撃をねらうはずですから。港が近くにある現状なら、補給は気になりません」

「だが、現状を打破するのであれば、そこを突くしかない」

「同意します。まず、我々がするべきことは、敵の煙幕を取り除くことです。戦艦部隊は進路を微妙に修正して敵砲弾を回避。その間に水雷戦隊を投入して、敵の駆逐艦を排除します」

「二水戦は敵に肉薄しているからな。それを生かすか」

「神通《じんつう》も投入すれば、突破できましょう」

近藤は一瞬、間を置いてから先をつづけた。

「いや、それだけでは厳しい。敵が煙幕を重視しているのなら、何をおいても駆逐艦を守るはずだ。護衛に軽巡、重巡を投入してくることもありうる」

「敵艦隊には、ポートランド級とノーザンプトンの重巡が二隻、さらには軽巡四隻が行動をともにしています」

「ならば、第五戦隊をまわせ。少しでも打撃力をあげておかんと、何が起こるかわからん」

「了解しました。あとは」

「直撃を受けた時のことも、考えないといかん。これだけ撃たれているのだからな」

白石の表情が青ざめた。

「では、一時後退ですか」

「悔しいが、態勢を立て直す必要が出てくる。その時のことを考えておいてくれ」

「でしたら、すぐに計画を」

「いや、このまま伝えろ。時間がない。敵駆逐隊の排除が最優先だ」

白石は復唱すると、司令部付きの士官を呼び寄せ、命令を伝えた。

近藤が正面に視線を戻すと、視界を遮るかのように水柱があがった。それは、以前より高いように思える。

一方的に撃たれる感覚はなんとも不愉快だ。

なんとか状況を打開したいが、果たしてうまくいくか。

10

一二月二日　ビチレブ島西北西二一五〇カイリ

重巡妙高《みょうこう》艦長山澄貞次郎《やまずみていじろう》大佐は敵重巡接近の報告を聞いて、思わず顔をしかめた。

「本当に来たか。米軍め、無茶をしやがる」

駆逐艦の護衛に重巡を送り込んでくるとは。あくまで煙幕を張りつづけるつもりか。

「面舵、進路二〇〇」

山澄が命令を下すと、右から強い風が吹きつけてきた。水しぶきが舞って頬《ほお》につく。

彼が指揮を執っているのは妙高の防空指揮所だ。敵駆逐隊撃退の命令が出た時からあがっていた。

周囲に遮るものはなく、状況を自分の眼で確認しながら指示を下すことができる。

副長は艦橋で指揮を執るように進言してきたが、

どこにいてもやられる時はやられる。ならば、自分が指揮しやすいところで戦いたい。

「敵艦との距離は？」

「一万八〇〇〇！　敵艦発砲！」

「もう撃ってきたのか、早いな」

三〇秒後、右舷前方に水柱があがる。たてつづけに三度だ。

「気にするな。敵は適当に砲撃しているだけだ。どうせ、当たりゃせん」

勝負は一万五〇〇〇を切ってからだ。

山澄は改めて彼我の位置関係を確認する。

妙高は面舵を切って、敵重巡の前に出た。敵駆逐隊への行く手を遮る格好になる。

左舷の海域では煙幕が広がり、その彼方から重厚な砲声が轟く。

敵戦艦部隊の砲撃は、いまだつづいている。

味方の駆逐隊が煙幕を晴らすべく突撃を敢行するが、シムス級の駆逐艦が壁となって防いでおり、いまだ成功していない。

ここで敵重巡が防衛に加われば、陽炎型の駆逐艦はたちまち撃退されてしまう。

「ここは、なんとしても防ぐ」

山澄が右舷海域をにらみつけるのと、伝声管から声が響くのはほぼ同時だった。

「艦長、司令からです。妙高はこの海域にとどまり、敵重巡の前進を阻め。シムス級の撃破は羽黒《はぐろ》にまかせると」

艦橋の副長からだ。

妙高は第五戦隊の旗艦であり、艦橋には司令官の高木武雄《たかぎたけお》少将があがって指揮を執っている。

第五戦隊は妙高と羽黒の二隻で、そのうちの一隻が重巡と対峙し、もう一隻が駆逐隊を撃破するという戦策だ。

「面白い。一度、アメリカの重巡とはやりあってみたかった」

敵はノーザンプトン級。性能は互角で、実力を試すには最もよい。山澄は砲術長と連絡を取った。

「敵はノーザンプトン級だ。いけるな」

「はい。測距は完了しています。いつでも攻撃できますよ」

「よし。一万五〇〇〇になったら……」

「敵艦との距離、一万五〇〇〇！」

見張員の声に山澄は決断を下した。

「撃ち方、はじめ！」

間を置かず、妙高の主砲がうなる。

山澄が双眼鏡で右舷の海域を見ると、水柱があがるのが確認できた。

「だんちゃーく、敵右舷」

入れ替わるようにして敵の砲弾が来る。

右舷で先刻よりは近い。水しぶきは防空指揮所まで届いた。

「どんどん撃て。逃がすな」

今度は二番、四番、六番砲が咆哮する。

砲煙がたなびき、硝煙の匂いが漂う。

再び着弾し、水柱があがる。

「敵右舷！　至近弾と思われる」

「敵艦回頭。面舵！」

山澄もノーザンプトン級の回頭を確認した。頭を押さえられそうになったので、転進して同航戦に持ち込むつもりだ。

判断は正しいが、転進中は動きが鈍る。

それは、こちらにとって好機だ。

一番、三番、五番砲が砲弾を放つ。

心地よい砲声が消えた時、待ち望んでいた報告が防空指揮所に響いた。

「敵艦を夾叉！　つかまえました」

「砲術長、砲撃を斉発に切り替え。一気に仕留めるぞ」

現在、ノーザンプトン級を指向している主砲は六門。そのすべてを使って攻撃をかける。

一発でも直撃を与えることができれば、撃沈も夢ではない。山澄は再び双眼鏡を使って、敵艦の位置を確認する。

直後、鈍い爆発音が響いた。後方からだ。かなり遠いが、はっきり聞き取ることができる。

「長門、被弾！」

見張員の絶叫が防空指揮所を揺るがす。

「艦尾、炎上。速力低下！」

「くそっ。やられたか」

ついに敵戦艦の砲撃につかまった。

一方的に撃たれていたので、いずれこうなるとは思っていたが、予想よりはるかに早い。

間を置かず、爆発音が響き、さらに長門に直撃のあったことが告げられた。

追いつめられている。うまくない展開だ。


「羽黒、頼むぞ」

山澄が左舷を見ると、妙高を追い越すようにして羽黒が前進していく。

目標は敵の駆逐艦だ。

どこまで早く撃破できるか。勝負はそこにかかっている。

11

一二月二日　ビチレブ島西北西二一四〇カイリ

「敵艦隊の位置は？」

ゴームリーはワシントンの艦橋にあがると、かたわらの士官に語りかけた。

「我が方の左舷海域を前進中です。距離は二万六〇〇〇ヤード」

「敵艦に直撃を与えたという報告は事実か」

「キャンベラから報告がありました。長門型に二発が命中。一発は後部に命中。速度が落ちているそうです」

「よし。いいぞ」

ゴームリーはうなずいた。

海戦がはじまって以来、味方は攻められるばかりで有効な反撃ができなかった。

守ってばかりでは、いずれやられる。早々に攻勢に転じたいと願っていたが、ようやくその時が来た。

「参謀長、どうか？」

「レーダー射撃は成果をあげています。長門型に直撃を与えただけでなく、敵一番艦にも至近弾。いまだ味方の煙幕は健在で、日本戦艦の砲撃は止まっている最中」

「さらなる攻勢に出るべきだな」

「はい。敵駆逐艦の接近は第一〇駆逐隊が防いでいますし、重巡もノーザンプトン、ペンサコラが進出して動きを封じています。我が方の優勢は崩れません」

「強いて言うなら、航空優勢がほしかったところだが」

「残念ながら、そこまでは。ただ、敵航空機の数は少なく、艦攻、艦爆はいまだ姿を見せません。基地航空隊の攻撃が功を奏しているのでしょう。攻めるならば、今のうちかと」

先刻、基地航空隊が敵機動部隊を発見、攻撃に入ったという報告が入った。

ようやく作戦どおりの展開になったわけで、うまくやれば空母を戦闘不能に追いやることができる。たとえ失敗しても、空母の動きを抑えている今なら、砲撃戦を有利に進められる。

慎重になりすぎてはならない。ここは踏み出す時だ。

ゴームリーが決断を下そうとした時、自分を見る士官がいることに気づいた。

「どうしたのかね、艦長」

ワシントン艦長のデイビス大佐だった。

瞳には強い懸念の色がある。

「言いたいことがあるのなら、言いたまえ」

「いえ、それは……」

「かまわんから。どんな細かいことでもかまわん。知っておきたい」

「それでは」

デイビスはゴームリーに歩み寄った。

「敵一番艦が気になります。あの船は、これまでにない巨大戦艦です。おそらく主砲は一八インチ、我々の一六インチとは桁が違います」

「だから、どうだと言うのかね」

「うかつな接近は危険です」

デイビスの声にあわせるようにして、ワシントンの主砲がうなった。一六インチ砲九門の衝撃は強烈で、砲声が消えるまでしばらく時間がかかった。

「ワシントンやノースカロライナですら、直撃を受けたらおしまいです。一八インチなら、下手をすれば轟沈ということもありえます」

「だが、敵は攻撃できない。放つことができなければ、一八インチだろうが、二〇インチだろうが怖くない」

「敵がこちらを誘っていたら、どうでしょう。弱っていると見せかけて、進路を変えたところで攻勢に転じ、正面から撃ちあいになったら」

「煙幕は十分に用意している。問題はない」

「不測の事態が生じたら、どうですか。今は我々が優勢に戦いを進めていますが、もし対応できないような事態が生じた時、下手に攻勢に出ていれば、痛烈な反撃を浴びます」

「そんな弱気なことで、どうするのか。敵戦艦部隊を追い払ってこそ、我々は勝利をつかむことができる。せっかくの好機を逃がすわけにはいかん」

キャラハン参謀長が割って入った。その目には怒りがある。

デイビスは怯まずに応じた。

「わかっています。私も敵が長門型だけなら、思い切って勝負に出ます。ですが、あの一番艦は危険です。

様子を見て、周囲の長門型にさらに打撃を与えてから攻勢に出るべきではありませんか」

ワシントンの主砲が轟く。

それは、先刻よりもさらに大きくなっているように思える。

「脅威を無視するべきではありません」

「だが、それで敵を中途半端に逃がしてしまったら、どうする。今は……」

そこで天井のスピーカーから、カン高い声がひびいてきた。通信室からだ。

「サンディエゴより入電。敵艦隊、左回頭。我が艦隊から離れる動きを見せる。距離、開く」

「長官」

「わかっている。逃げに入ったな。追撃だ。日本艦隊にとどめを刺す」

ゴームリーは転進を命じる。

デイビスはこわばった表情のまま、ゴームリーの命令に従った。

ワシントンの大きな船体が左に転進する。駆逐隊もつき従っており、いまだ煙幕は張ったままだ。

ゴームリーは日本艦隊を追撃するイメージを頭に描きながら、視線を左舷に向けた。

煙に隠れた先に日本艦隊がいる。

しかも、彼らは逃走している。

このままならば勝てる。不測の事態など起こるはずがない。

12

一二月二日　ビチレブ島南西二〇カイリ

「正面、ビチレブ島。確認しました」

艦長の報告に、攻略部隊の司令長官五藤存知少将は力強くうなずいた。

「よし。このまま接近。どこでもいい、島に砲弾を叩き込んでやれ」

「なんとかなりましたな。米駆逐艦にからまれた時には、どうなるかと思いましたが。これで奇襲をかけることができます」

「敵にとっては、不測の事態だな」

「そう思います」

先任参謀の貴島徳《きしまあつし》中佐が横に立った。浅黒い顔は、いまだ引き締まったままだ。

「我々の転進に引っかかってくれました」

「あの位置関係から見て、主力部隊の支援に向かうと思ったのだろう。レーダーでこちらの進路を読まれていたら、逃げきれなかったかもしれん」

「スコールが来たのも幸いでした」

「おかげで、敵駆逐艦を振り切ることができた。さあ、行くぞ」

五藤が双眼鏡で正面を見ると、澄んだ海に浮かぶ島が確認できた。

フィジーの要衝、ビチレブ島だ。

五藤率いる第六戦隊は、万が一のことを考えて、主力部隊が敵戦艦と接触したところで艦速をあげ、フィジーに急接近した。

米戦艦部隊は強力で簡単には突破できない。機動部隊も苦戦しており、支援は容易ではない。

ならば六戦隊が前進し、敵の耳目《じもく》を引きつけるべきだ。

主力部隊の接近を受けて駆逐艦は北に移動しており、島の南東方向は手薄だった。

そもそも、機動部隊が北から攻めてきたため、連合軍の防御は北にかたよっていたのである。

五藤は航空偵察の報告を聞いて、輸送船団の護衛は第三水雷戦隊にまかせ、六戦隊のみでのビチレブ島砲撃を決めた。

決断を下してから六時間あまり。ついにビチレブ島が、旗艦の青葉《あおば》からも確認できた。

ここで一撃をかければ、敵は動揺するはずだ。

「主力部隊からの通信は入っているか」

「断続的に報告が入っています。今のところ、米戦艦部隊と砲撃中。煙幕に阻まれて苦戦しているようです」

「被害は?」

「長門が二発の直撃で炎上中。陸奥にも砲弾が一発、命中しています。転進したという報告も入っていますが、確認されておりません」

「さすがに米戦艦部隊は強力だな。大和があっても、簡単に突破はできんか」

「レーダーもうまく使っているようです。通信情報を総合するかぎり、一方的に撃たれているように思われます」

「ソロモンでも、米軍はきっちりレーダーで防戦した。ここで使ってこないわけがないさ」

「我々も基地のレーダーで捕捉されているかもしれません。そろそろ敵が来るかも」

「その前に一撃してやればいい。援護もいるからな」

五藤が頭上を見ると、零戦が編隊を組んでフィジー方面に前進するところだった。

六戦隊を支援するため、第三航空戦隊が直掩隊を出してくれた。

もともと三航戦は輸送船団の護衛が任務だったが、五藤の判断に従って瑞鳳の零戦隊を投入したのである。

「米軍の基地航空隊はこれまでの戦いで、相当に数を減らしている。そのうえ機動部隊の迎撃にあたらねばならない。こちらにまわすゆとりはないさ」

「突破は可能です。あとは潜水艦ですが」

「そちらは警戒がいるな。おそらく北方にまわっている艦が多いだろうが、どこから顔を出すかわからん。面倒なことになる前に、島に砲弾を撃ちこんで後退だ」

動揺を誘うことができれば十分だ。

五藤は、上陸部隊の護衛という任務も忘れていなかった。

「最大戦速！　このままビチレブ島へ向かえ」

「敵編隊発見。左二〇、距離三〇〇。小型機です」

五藤が双眼鏡を向けると、機影が見てとれた。機種はよくわからない。

「一〇機ですね。思ったよりも少ない」

「迎撃は零戦にまかせる。我々は目標に向かうぞ」

旋回する零戦隊を見つめながら、五藤は指示を下した。

砲撃の機会は少ない。恵まれた条件を逃すわけにはいかなかった。

13

一二月二日　ビチレブ島南西三カイリ

佐藤正夫《さとうまさお》大尉は小さく右にまわりながら、眼下の空域に目を落とした。

青い機体が水平飛行に入っている。

翼は短く、胴体は太い。グラマンよりも寸詰まりに見え、いかにも動きは鈍そうだ。さすがの米軍も手詰まりと見える」

「ブリュースターか。

　ブリュースターF2Aは米海軍の主力戦闘機として採用されたが、今では旧式化し、グラマンF4Fにとって代わられている。

　ミッドウェーでは、零戦の迎撃であっという間に叩き落とされた。

　ブリュースターの後方につく艦攻も、旧式のデヴァステイターであり、時代後れの部隊で攻撃をかけようとしている。

　連合軍は切羽詰まっている。旧式機を投入しなければならないほどに。

　ここで、しっかり守りきれば……。

　佐藤は翼を振って降下に入った。

　味方の機体がそれにつづく。

　太陽を背にして接近し、照準眼鏡に機体を収める。佐藤が銃把を握るまで、敵の進路はまったく変わらなかった。

　二〇ミリ弾に撃ち抜かれて、デヴァステイターは爆発する。

　ようやく編隊が散って敵機は逃げにかかった。

　デヴァステイターは高度を落とし、ブリュースターは旋回する。どちらも動きは遅く、零戦の敵ではない。

　二番機の早野《はやの》一飛曹が巧みに高度を落とし、ブリュースターの後方にまわり込む。

　勝負は一瞬でつき、青い機体は前のめりになって落ちていく。

　デヴァステイターも次々と火を吹く。旋回機銃も牽制にはならず、零戦隊の進撃を食い止めることはできない。

　佐藤は戦果をあげる味方を見て、手応えを感じていた。

彼が瑞鳳に配属となったのはミッドウェー後の六月だ。加賀を失い、行き場をなくしたところを拾われたのである。

瑞鳳は潜水母艦を改装した軽空母で、昨年の四月に第三航空戦隊に配備されたばかりだった。乗員の技量は今ひとつで、かつて彼が乗艦していた瑞鶴のパイロットよりも劣っていた。

佐藤は猛訓練を課して、技量の引き上げを図った。搭乗員が文句を言っても聞かず、本当に血を吐くまで機体に乗せた。

七・二八事変後は燃料が優先的にまわされたこともあり、訓練飛行はさらに密度を増した。ようやく形になったのは、ソロモンに出撃する直前だった。

先月末のソロモン海戦、そして今回の海戦で瑞鳳は実戦を体験、ようやく戦果をあげた。

苦しい戦いを経て、搭乗員は自信を持って戦いに臨むようになった。若手のふるまいにも落ち着きが出ており、ここで、さらに戦果を積み重ねれば、空母搭乗員として一人前になるだろう。

佐藤は上空に出て、戦闘空域を見おろした。

味方は落ち着いており、確実にブリュースターやデヴァステイターを追い込んでいる。

最初から呑んでかかっているのが、よい方向に出ているようだ。

ここで負けてはいられない。

「ならば、俺も」

佐藤は高度を落としつつ旋回する。

ねらいは、ブリュースター。ようやく零戦の攻撃をかわして、戦闘空域から離脱する機体だ。

安心しているのか、動きが直線的である。

佐藤は機体を水平に戻し、操縦桿を軽く押す。

速力計の針が動いて、ブリュースターとの距離は詰まった。

照準眼鏡に敵が収まる。

残り二〇〇というところで、こちらに気づいてブリュースターは降下する。機体が重いはずなのに加速はつかず、動きは鈍いままだ。

佐藤は右旋回に入って、敵の後ろにまわり込む。距離一〇〇で機銃を放つが、わずかに右にずれる。佐藤は操縦桿とフットバーを軽く操作し、距離を詰める。それだけの余裕がある。

ブリュースターは、尾翼やフラップをばたつかせて懸命に逃げようとする。

佐藤は息を詰め、必殺の一弾を放つ。

胴体が中央からちぎれて、ブリュースターは落ちていく。搭乗員が脱出できたのは奇跡だろう。

「よし。やった」

一日に二機も撃墜できるとは。幸運だ。

ここまでくれば、もう自分の戦果はいい。あとは部下と艦艇の支援に全力をあげる。


彼が高度を落とすと、正面に四隻の艦艇が並んでいた。

青葉型で、単純陣を組み、ビチレブ島に砲塔を向けていた。砲口がきらめき、土煙があがる。

ようやくはじまった。

何もないところに撃ちこんでいるので戦果は期待できないが、それでも砲撃がはじまったのは大きい。

米軍は動揺するだろう。

潮目を変えるのであれば、ここしかなかった。

14

一二月二日　ビチレブ島北西二六〇カイリ

「米駆逐艦に直撃。煙幕は完全に停止」

近藤は双眼鏡を使って、敵艦隊の状況を確認する。

煙幕はすでに薄くなっており、敵二番艦、三番艦の姿がはっきり見えた。一番艦はまだ煙の後方だが、まもなく姿を現わすだろう。

駆逐艦の脱落で、敵戦艦部隊は再び主力部隊の前に姿を見せた。

距離は二万二〇〇〇。絶好の位置だ。

「いけるな、艦長」

近藤が顔を向けると、高柳はうなずいた。

瞳には力強い輝きがある。これならば間違えようがない。

「撃ち方はじめ！」

近藤の命令を高柳が復唱する。

一〇秒もたたぬうちに、大和の主砲が咆哮した。

これまでよりも力強い響きだ。

弾着の報告があがったのは、雲の陰から太陽が姿を見せたその時だ。

「初弾夾叉。捕まえました」

艦橋で声があがる。

見張員は手を握り、その場で大きく振った。

「ようやく出てきましたな、長官。待った甲斐がありました」

白石参謀長の声も弾んでいた。喜びを抑えきれないようだ。

「ああ、転進で敵艦の動きが乱れていたからな。羽黒の突入する隙ができた。あれで流れは変わったな」

「それまでは、一方的に追われるだけでした」

「うまくいったな」

長門の被弾後、主力部隊は態勢を整えるため転進したが、アメリカ艦隊は巧みに彼らの動きを読んで、距離を詰めてきた。

主力艦隊の周囲には、たてつづけに水柱があがり、ついに陸奥が直撃を受けた。大和も至近弾で浸水が発生し、一時は行き足が鈍った。

絶体絶命の流れを変えたのは、一三〇二からはじまる米艦隊の転進だった。

米戦艦部隊は主力艦隊から離れるコースを取り、周囲の艦艇もそれに従った。

しかし、あまりにも動きが急だったため、駆逐艦がついてこられず、陣形が乱れた。

そこに羽黒が飛び込み、二〇センチ主砲で米駆逐艦を砲撃した。

直撃で一隻が轟沈、一隻が大破炎上した。米駆逐艦はちりぢりになり、煙幕も薄くなった。

光学測距の機会を得て、大和と陸奥は反撃に転じた。いまや攻めたてているのは主力艦隊で、米艦隊は明らかに怯んでいた。

近藤は双眼鏡で敵の二番艦を見つめる。

水柱があがり、その船体が一時、消える。再び姿を見せるも、速度は落ちているように思える。

反撃は遅く、彼が見ている間に砲口がきらめくことはなかった。

「米戦艦は退却に入っています。先刻から舵を左に切り、我々から遠ざかろうとしています」

「やはりビチレブのことが気になるのか」

「ええ、あのタイミングで砲撃を受ければ、一刻でも早く帰還したいでしょう」

攻略部隊がビチレブ島を砲撃。その知らせは、近藤のもとにも届いていた。

ちょうど米戦艦に追われている時であり、最初に聞いた時は何を馬鹿なことをしているのかと思ったほどだ。

しかし、米戦艦の動きが変わった時、近藤は第六戦隊が何をねらって砲撃したのかを知った。

ぎりぎりの局面での艦砲射撃は、米軍の動揺をいざなった。

「連合軍は、我々と機動部隊の攻撃に集中しすぎました。極端な戦力のかたよりが出ていました。

そこを攻略部隊がうまくつきました」

「空母と戦艦さえ叩けば、なんとかなると思ったか」

「一面においては正しいのですが、やり過ぎです。連合軍はろくな戦力をフィジーに残していなかったのでしょう」

重巡四隻の艦砲射撃などたいしたことはなく、落ち着いて航空部隊か潜水艦を投入すれば、問題なく追いはらうことができる。

なのに、動揺して隙を見せてしまうところに、今の実力が透けて見える。

連合軍は個々の艦艇こそ侮りがたいが、総力では味方の艦隊に劣っている。

時間がないところに、無理して防御態勢を作ったので限界が露呈していた。

「ここで敵戦艦を叩けば、勝てるな」

「はい。戦艦は敵の支柱ですから、これをへし折ることこそ肝要かと。今、その機会は目の前にあります」

敵戦艦の砲弾が右舷前方で爆発する。

照準は大きく乱れており、脅威とは思えない。

入れ替わりで、大和の主砲がうなる。斉発であり、衝撃波はこれまでと比べものにならないほど大きい。

近藤はふらつき、壁に手をつく。

ひと息ついたその時、待ち望んでいた報告が見張員から届いた。

「敵二番艦に直撃。煙突が吹き飛びました。船体、炎上中！」

先刻にまさる歓声があがる。

手応えを感じつつ、近藤は敵戦艦の進む海域に目をやった。

15

十二月二日　ビチレブ島北西二六〇カイリ

「敵二番艦に直撃。また大和の主砲です」

報告を受けて有馬晴吉中佐は左舷に駆けよる。

戦艦が燃えていた。後檣楼が打ち砕かれて、原形をとどめていない。

マストも倒れ、二番煙突も大きく歪んでいる。高くあがった炎は、風にあおられて後方に伸び、三番砲塔の天蓋を焼いていた。

「主要区画に飛び込んだな」

有馬がつぶやく間にも爆発が起き、艦内から部品が弾け飛ぶ。

うめいているかのように、ノースカロライナ級の船体が悲鳴をあげる。

「さすがに四六センチ砲だ」

ついに大和の主砲が敵戦艦を捉え、一撃でアメリカの新鋭戦艦を戦闘不能に追い込んだ。

これでアメリカ戦艦部隊は一隻が脱落したが、こちらも長門がダメージを受けていて、全能力を発揮できずにいる。

ようやく、五分五分の状況だ。

「こっちも負けていられないぞ」

有馬は左舷前方の駆逐艦を見つめる。

シムス級は先刻から親潮に貼りついて、砲撃戦を挑んでいた。戦艦を守り、状況の逆転をねらう意志を強く感じる。

なんとか突破して雷撃をかけたい。

有馬は声を張りあげる。

「敵艦との距離は？」

「三〇〇〇です！」

「よし。左砲撃戦、おもかーじ」

艦首が右に回頭し、シムス級と同航戦になる。

舵を戻したところで有馬は命令を下す。

「撃ち方、はじめ！」

一二センチ砲がうなり、海面が弾ける。

シムス級も主砲を彼らに向け、砲撃をはじめた。

砲煙があがるたびに海面が弾ける。最初から斉射で、砲弾がそれこそ雨のように降りそそぐ。

「撃て、撃て。怯むな」

有馬の眼前で主砲が火を噴く。

こちらも斉発だ。先のことを考えている場合ではない。

敵艦をつつみこむようにして海面が弾ける。

「敵艦を夾叉」

「このままだ。押し負けるな」

親潮が主砲を放つたびに、負けじとシムス級の主砲もきらめく。拳闘を思わせる戦いだ。

ここまできたら、最初に当てたほうが優位に立つ。夾叉など、たいして影響はない。

「どうだ！」

有馬がシムス級をにらみつけた時、親潮の船体が激しく揺れた。

艦橋が左右に揺さぶられ、見張員が倒れる。

「左舷後部に直撃！」

伝声管を通じて報告が響く。

ここで先手を取られたか。

「被害状況、知らせ！」

「三番砲塔、三名負傷。旋回機能にも損傷」

「船体に破口。第二士官室、浸水！」

被害は大きい。このままでは最悪の事態もありうる。有馬の脳裏に後退の文字がよぎった時、見張員の絶叫が艦橋に響く。

「敵艦に直撃！　前檣楼基部」

あわてて視線を戻すと、シムス級の船体から炎があがっていた。

マストが折れて煙突にもたれかかっている。黒い煙は船体後部に伸び、後部の主砲を隠している。

有馬が様子を確認している間にも艦首付近で爆発が起き、一番砲塔が炎につつまれた。

主砲は力を失って大きく仰角《ぎょうかく》を下げる。

二番煙突付近でも爆発が起き、機銃が弾け飛ぶのが見てとれる。

「俺は馬鹿だな」

有馬は、自分の弱気を恥じた。

まだ親潮は戦える。乗員は奮闘し、敵艦隊を突破するため全力をあげている。

なのに、自分が退くことを考えてどうするのか。

「急ぎ左舷の浸水に対処せよ。速度の低下は最小限に抑える」

ついで有馬は機関室と連絡を取る。

「機関長、機関はもつか」

「まだまだいけますよ。トラックで念入りに手入れしましたからね。あと五分、もたせましょう」

「一〇分だ。敵戦艦に雷撃するまで全速だ」

「無茶を言いますねえ。いいでしょう。やってみせますよ」

「頼む！」

有馬は敵艦との距離を目測で判断すると、指示を出した。

「敵艦の頭を抜ける。とーりかじ」

親潮は傷つきながらも転進する。

その動きに、有馬は手応えを感じていた。

16

一二月二日　ビチレブ島北西二六〇カイリ

「ノースカロライナ級に直撃。これで三発目です」

「動きはどうなっているか」

山澄の問いに見張員はすばやく応じる。

「停止しています。船体、大きく右に傾き、主砲も沈黙」

「戦闘不能か。これで片づいたな」

敵二番艦は脱落した。

味方の戦艦が粉砕される事態に米艦隊も動揺しているはずで、攻めるならばこの機会しかない。

「ノーザンプトン級にとどめを刺せ！」

山澄は防空指揮所から左舷海域を見る。

九〇〇〇メートル彼方に煙が見える。それは先刻よりも薄くなっているが、さながら狼煙《のろし》のように消えることなくたなびいている。

双眼鏡を使えば、煙の発生源がノーザンプトン級であるとわかる。

妙高と米重巡との戦いは佳境を迎えており、決着がつくまでさして時間はかかるまい。

山澄の見ている前で主砲が轟く。

先刻から妙高は斉発に切り替えており、砲弾はすべてノーザンプトン級に向かっている。発射速度は落ちるが、命中率はあがる。

「だんちゃーく」

見張員の報告と同時に、敵ノーザンプトン級の船体が弾ける。

二番煙突付近だ。

後部マストが吹き飛び、機銃座が砕けている。

行き足は明らかに鈍っていた。

「敵重巡、転進。後退する模様」

「逃がすものかよ」

山澄はほくそ笑んだ。

速度が落ちているところで転進とは、かえって測距がしやすくなる。

当ててほしいというのなら、当ててやる。

主砲がさらにうなり、水柱があがる。

ノーザンプトン級は海水を全身に浴びながら、ゆっくり転進していく。

一〇発のうち五発は至近弾で、船体にかなりの打撃を与えている。今のままなら、逃がすはずがない。もし、取り逃がすとすれば……。

山澄が艦橋と連絡を取った直後、見張員の新しい報告が響いた。

「敵駆逐艦、来ます！　右九〇、距離二〇〇〇！」

山澄は双眼鏡で、右舷海域の状況を確認する。

妙高にシムス級の駆逐艦が迫っている。ノーザンプトン級が苦戦しているのを見て、支援の必要性を感じたのだろう。

単艦で重巡に挑む心意気は買うが、相手にしている暇はない。

「陽炎、転進。右一二〇、距離一二〇〇！　シムス級の迎撃にあたります」

迫る駆逐艦に対して陽炎が対応に出た。

敵駆逐艦の左舷前方から迫るような形で、すぐに砲戦になる。

一対一で負けるはずはないので、敵は陽炎にまかせておけばいい。その間に、こちらはノーザンプトン級を仕留める。

あとひと息だ。

穏やかな海面を切り裂いて主砲がうなる。

灰色の船体を水柱がつつむ。再び至近弾だ。

動揺したのか、ノーザンプトン級の進路が微妙に変わった。さらに距離を置こうとしている。

それがよくないと、なぜわからないのか。

「行け！」

砲口がきらめき、徹甲弾が宙に舞う。

そのうちの三発がノーザンプトン級を捉えた。

一万トン級の船体が揺れ、爆発する。船体中央、ついで艦の前部だ。

一番砲塔が吹き飛び、炎につつまれる。その直後、今度は船体を切り裂くような大場発が起きた。

双眼鏡越しに火球のきらめきが確認できるほど

の大きさで、これまでとはまるで違う。

爆発音が響いて炎が船体をつつんだ。

「船体、右への傾斜確認。大きくなります」

「弾薬庫をやったのか」

砲弾や炸薬が誘爆すれば、堅牢な米重巡とて助かるまい。

「米重巡、転覆します！」

有馬が双眼鏡で該当する海域を再確認した時、ノーザンプトン級の船体が横倒しになった。

前檣楼が海面に衝突し、水しぶきをあげる。

「やった、やったぞ」

山澄の声に見張員の歓声が重なる。

敵の重巡を仕留めた。

航空支援もなく、駆逐艦の手助けもなく、実質単艦で。一対一の勝負に勝ったわけで、これはうれしい。

「もう一隻、行くぞ。同じノーザンプトン級だ。今の俺たちならば勝てる」

山澄は興奮しながら、沈み行く重巡から新しい敵に目を向けた。

「目標、敵重巡。前進！」

17

一二月二日　ビチレブ島北西二六〇カイリ

「ノーザンプトン、沈没。カッシングが乗員の救助にあたっています」

「ショー、敵駆逐艦と交戦中。ノースカロライナへの支援は困難」

「キャンベラ、敵重巡の砲弾を受け、炎上中。戦線から離脱します」

絶望的な報告が入るたびに、戦艦ワシントンの司令塔の空気は重くなる。

ゴームリーも、自分の胸が見えない手で押されているかのように感じていた。

海戦は一方的な展開だ。日本艦隊は総力をあげて反撃に転じ、TF21の攻勢を打ち砕いた。

陣形は一時間も前から乱れ、優勢な日本艦隊を個別で迎え撃つ状況だ。

損害は飛躍的に増え、最悪の事態を迎える艦艇も増えていた。

「焦ったのが、よくなかったのか」

ゴームリーはつぶやいた。

「あの時、無理して追撃に出なければ、こんなことにはならなかったのかもしれん」

「長官、それは……」

「全般的な状況は、我々に不利だった。日本艦隊はソロモンで勝利して勢いに乗っており、それを迎え撃つには我々の艦艇は不足していた。

無理して作戦を立てたのだから、それを踏まえて行動するべきだったのかもしれん」

勝負を分けたのは、日本艦隊への攻撃と、その直後に起きたビチレブ島砲撃だった。

長門型に直撃を与えて勢いに乗ったところに、日本艦隊からの艦砲射撃という情報を受けて、TF21司令部は迷ってしまった。

一気に勝負を決するか、それとも後退してビチレブ島を守るか、ゴームリーは判断しかねた。

結局、後退を決めるのであるが、その時、すでに日本艦隊は反撃に入っており、TF21は隙をつかれる形になった。

駆逐艦の反応が遅れて、煙幕がうまく展開できなかったのも大きかった。

ノースカロライナが直撃を受けた時点で、勝負の流れは決定的となった。

「ですが、日本艦隊を押し返すのであれば、あの時しかありませんでした。戦艦部隊を追い払えば、フィジー防衛戦で有利に立つことができたのも事実。長官の判断は間違っていませんでした。そもそも敵が来るのが早過ぎたのです」

「それは言い訳だ。わかっていたのであるから、あくまで手堅い戦術で対応すべきだった。ビチレブ島周辺で基地航空隊と連携できれば、こんなことにはならなかった」

事態は最悪で、打開する手立てはもう残っていない。

ゴームリーが唇を噛みしめると、なおも天井のスピーカーから聞きたくない報告が入ってきた。

「ノースカロライナ、船体、傾きました。沈没します！」

昨年の四月に就役したばかりの新造戦艦が、最期の時を迎えようとしている。

ゴームリーの胸は、ひどく痛んだ。

「敵一番艦の能力を読み誤ったのも私のミスだ。あれほど強力な主砲を持っているとは思わなかった」

敵新型戦艦は一八インチ砲を装備しており、ノースカロライナの装甲をやすやすとつらぬいた。最初の一撃でバイタルパートを粉砕し、行動力を奪い取った。

「デイビスの判断は正しかった」

ゴームリーが艦橋で指揮を執る艦長の姿を思い浮かべた時、ワシントンを衝撃波が襲った。

船体が激しく揺れる。

「右舷、至近弾！」

「長官、このままではこの船にも被害が及びます。これ以上の砲撃戦は危険です」

敵一番艦はワシントンに砲撃を切り替えており、何度となく至近弾を浴びている。直撃を受ければ、ノースカロライナと同じ運命をたどるだろう。

「やむをえん。後退だ。日本艦隊と距離を取りつつ、フィジー方面に転進。戦闘海域から離脱する」

「はい」

「そのままバヌアレブ島の北東に抜け、そこで艦隊を再編。以降はツツイラに向かう」

「サモアまで後退するのですか」

「そうだ。フィジーにとどまれば、かえって損害が増える。ここはサモアまで下がって態勢を整え、反撃の機会をうかがう」

「サモアの兵力は最小限です。航空隊が三個中隊、水上艦は駆逐艦が四隻展開しているだけで、日本艦隊を迎え撃つには戦力不足です」

「日本艦隊がサモアに来るまで、時間がかかるだろう。それまでになんとかする」

「危険ではありませんか。日本艦隊の動きは速く、ソロモン海戦の三週間後にはフィジーに姿を見せました。同じことが起きないとはかぎりません」

キャラハンは、そこで一度、言葉を切って、ゴームリーを見た。

「それに、フィジーはどうするのですか。艦隊が後退してしまったら、陸の将兵は孤立します。彼らを見捨てるのですか」

さすがにゴームリーも回答まで時間を要した。

結論はわかっていても、状況を考えれば、たやすく口にはできない。

「艦隊集結までに考える。勝負は基地航空隊がどの程度、維持できているかで決まる」

それが精一杯だった。

基地航空隊が健在ならば、TF21と歩調をあわせて反撃してもよい。

日本空母を撃沈すれば、制空権は確保できるわけで、戦艦部隊相手でも優勢な戦いができる。

逆にいえば、航空優勢が確保できなければ、フィジーにとどまる意味はない。

損害が拡大するとわかっているなら、やることは決まっている。

「せめて空母が手元にあればな」

ゴームリーは顔をしかめた。

「一隻でも手駒にあれば、日本空母部隊に奇襲をかけることもできた。トラックやラバウルを空襲すれば、日本艦隊も警戒せざるをえず、空母を前線にそろえることはできなかっただろう」

「やむをえません。ハルゼー提督はぎりぎりまで踏ん張ったと思います」

「彼を責めるつもりはない。問題は安易に前線に空母を送り込んだ上層部……」

「長官、それ以上は」

キャラハンに遮られて、ゴームリーは口をつぐんだ。

さすがにこれ以上の批判をするのはまずいか。うかつな論評は、将兵の士気を下げる。

「そうだな。批判は終わってから、すればいい。今は艦艇の保全を最優先にする。作戦案を頼む」

「すぐに作成します」

「それと、レーダーに関する報告もまとめておいてくれ。今後の戦略にもかかわってくるからな」

「レーダーは有用だったと判断します。通信網と組み合わせたからこそ、ここまで日本軍を食い止めることができたと考えます」

「だが、その一方で、日本艦隊を食い止めることができなかったのも事実だ。たいして打撃を与えることなく、ビチレブへの接近を許した。この事実は重く考えるべきだ」

ＴＦ22に次いで、ゴームリーもレーダーを使った高度な防御網を構築したが、結局、日本軍の攻撃を食い止めることはできなかった。

先手を取っての防戦も、技量の高い日本軍の前には有効な手段ではなかった。

この結果を見るに、レーダーは言われているほど有用な兵器ではないのかもしれない。

英国本土防衛戦では威力を発揮したが、それは大陸特有の複雑な条件が絡みあってのことであり、海の戦いではまた違っている可能性もある。

現時点では、レーダーを含めた電子兵器に資材や人材を投入するより、艦艇や航空機を増強して、数で押しきる戦法に徹するべきではないのか。

ゴームリーはレーダーの機能に疑念を持ち、開発を抑えるように進言する気になっていた。

「やってくれ。時間がないぞ」

「はい」

キャラハンが部下に声をかけたのにあわせて、ゴームリーは司令塔に設置されたアクリル板に視線を移した。

そこには、敵味方の位置関係が細かく記されており、ひと目で状況を把握できる。

日本艦隊はTF21を圧倒しており、一方的に攻勢をつづけている。

果たして、彼らは後退できるのか。情勢はきわめて厳しかった。

18

一一月三〇日～一二月三日　フィジー諸島沖

日本艦隊のフィジー侵攻に伴う海戦、後にビチレブ島沖海戦と呼ばれる戦いは、日本艦隊の圧勝に終わった。

南太平洋艦隊は空と海で連合軍を圧倒し、大きな戦果をあげた。

実のところ、近藤信竹中将率いる南太平洋方面艦隊が仕掛けてきた時、フィジー近海の防衛体制は確立されていなかった。

基地航空隊の展開は完了していたが、統制は完全ではなく、アメリカ海軍と陸軍、オーストラリア軍、ニュージーランド軍が入り乱れていた。

　通信機器も完全とは言えず、連絡がうまく届かないこともあった。

　それでいて最初の邀撃《ようげき》が成功したのは、レーダーの性能が優れていたのと、基地航空隊司令部が現状をよく理解して、効果的な防衛計画を編み出していたからだ。

　南雲部隊の攻勢に対して基地航空隊は、拠点を移動しながら巧みに進撃や退却を繰り返し、打撃を与えていった。

　三一日には九九式艦爆八機を全滅に追いやり、二つの基地を守り抜いた。

　南雲部隊は、しばらく基地航空隊との戦いに手一杯で、主力部隊の支援がまったくできない状況がつづいた。

　その間に日米の戦艦部隊は接近、存亡を賭けての砲撃戦を敢行した。

　この時も、連合軍は見事に戦ったと言える。最初からレーダーによる攻撃を前提とし、煙幕によって身を隠す砲撃を果敢に実施した。

また、迫り来る駆逐艦や重巡に対して、ＴＦ21の艦艇を惜しげもなく投入し、自らの優位を保つために手を尽くした。

　思わぬ攻撃に日本艦隊は能力を封じられ、戦艦は一時間にわたって砲撃できなかった。駆逐隊も前進を阻まれ、煙幕の排除にも失敗した。

　長門が直撃を受けた時点では、明らかに米軍が優位に立っていた。

　ノースカロライナの砲弾は長門に二発命中し、後部マストを粉砕、四番砲塔を旋回不能に追いやった。一発は前檣楼基部に命中し、高角砲を一基、薙ぎはらった。

　衝撃で測距も狂い、長門の戦闘力は大きく低下した。

近藤の転進は正しい判断であり、追撃にかかったゴームリーの判断も間違っていなかった。

もしその時、第六戦隊がビチレブ島に砲撃をかけなければ、さらに、その知らせにTF21司令部が反応しなければ、少なくとも戦艦の戦いではアメリカ艦隊が勝利を収めたかもしれない。

思わぬ一撃への、ほんのわずかなためらいが海戦の流れを決定的にした。

主力部隊は反撃に転じ、隙をついてTF21を一方的に攻撃した。

大和の一撃は、ノースカロライナの装甲を完璧につらぬき、艦内で爆発した。一番ボイラーは破壊され、三番ボイラーにも損傷が出た。

さらには二発目の直撃で、三番砲塔が外れて大きく傾き、使用不能に陥った。

火災は弾薬庫に迫ったものの、応急注水でかろうじて誘爆は食い止められた。

ノースカロライナは戦線から離脱し、以降は水雷戦隊の標的となった。

この頃には、米重巡部隊も日本艦隊に押されていた。

ノーザンプトンは妙高との撃ち合いに敗れていたし、キャンベラも羽黒の主砲弾を浴びて航行不能に陥った。

羽黒の砲撃はすさまじく、八〇〇〇メートルからの斉発で、実に一五発の砲弾を叩き込んだ。

キャンベラは一発命中するたびに上部構造物が吹き飛び、最後の一発が命中した時には前檣楼の残骸だけとなった。

海戦の終幕を飾ったのは、ノースカロライナの沈没だ。霞《かすみ》、霰《あられ》がそれぞれ三発ずつ直撃を与え、左舷に巨大な破口が生じた。

すでに艦内は電路が断たれ、排水ポンプもほとんどが使用不能で、大規模な浸水に対応することはできなかった。船体の傾きが四〇度を超えたところで、艦長は総員退艦を命じた。

三万五〇〇〇トンの船体は、竣工から一年も経たぬうちに南太平洋の海に消えた。

ノースカロライナの沈没を受けてゴームリーは退却を命じ、ビチレブ島の南方にまわった。

彼らが退却した時、航空戦も終わりが見えていた。

基地航空隊は損耗し、稼働する機体が三〇機を割り込んでいた。残っているのが基地施設だけでは、どうにもできない。

一二月三日、状況下を確認した上で、ＴＦ21はサモアへの撤退を決断した。

その時、ゴームリーは基地航空隊の司令官であるフィッチにのみ後退の連絡をし、南太平洋方面陸軍ミラード・Ｆ・ハーモン少将にはサモアへ到着するまで報告しなかった。

見捨てられた米陸軍は事態の推移を知らぬまま、日本軍攻略部隊の苛烈な攻撃を受けることとなった。

19

一二月六日　ビチレブ島

「中隊長殿、あそこであります」

岩の陰から顔を出すと、岡崎正男《おかざきまさお》中尉は軍曹の示した場所を見た。

二〇〇メートル先に一〇〇メートルほどの高さを持つ丘があり、そこに陣地が築かれていた。ベトンで築かれており、容易に突破できる気配はない。

強烈な南国の日差しを受けると、さながら難攻不落の城のように思えてくる。

「機関銃陣地だな」

「接近すると、即座に撃ってきます。右手方向は崖ですし、左手方向には歩兵が塹壕を掘って防衛にあたっており、どうにもなりません」

「正面から攻めるしかないのか」

「むずかしいですね。もう少し遮蔽物があればいいのですが、結構、減らされていますから」

　丘には焼け焦げた樹木が無数に転がっていた。草木は背の低いものしか残っておらず、大きな岩も打ち砕かれて、粉々になっていた。

「艦砲射撃をしてくれたのはありがたいが、どうせなら、機銃座までつぶしてほしかったな。あんなものを残されては前進できん」

「同感です。ここを突破せんことには、飛行場にたどり着けません。なんとか制圧しませんと」

　岡崎は歩兵第一四四連隊の一員としてビチレブ島に上陸、ナンディの北方にある飛行場を制圧に向かう道中にいた。

　上陸そのものは敵の反撃が低調なこともあり、たいして損害は出なかった。

　そのまま北方に転進して飛行場を目指したのであるが、あと二キロというところで、重機関銃陣地に阻まれてしまった。

「迂回すると、飛行場まで時間がかかる。なにより横合いから攻撃される。危険は避けたい」

「満州や中国ならともかく、南国の島ですからね。まさか、こんな遠くで戦争することになるとは思いませんでしたよ」

　鈴木《すずき》行人《ゆきと》軍曹の言葉に岡崎は笑った。

「同感だな。まさか、この目で南十字星を見ることになるとは思わなかったよ」

　歩兵第一四四連隊は昭和一六年一〇月に編成され、善通寺の第五五師団の隷下《れいか》に入った。

　一一月には、堀井《ほりい》富太郎《とみたろう》少将を司令官とする南海支隊が編成され、騎兵第五五連隊の一部や山砲第五五連隊第一大隊とともにその一員となった。

開戦直後にはグアム攻略、ついで一月にはラバウル攻略に参加し、大きな戦果をあげた。

その後はニューギニア攻略に向かうはずだったが、作戦の変更に伴い、歩兵第四一連隊の基幹部隊とともに、フィジー攻略の命令を受けた。

思わぬ展開に驚きつつも、岡崎は吾妻丸に乗り込んだ。航海は順調で一度、潜水艦が現われるも、駆逐艦が追い払ってくれた。

「ここらで、いいところを見せないとな」

「同感です。我々の評判は落ちる一方ですから」

「あんな事件を起こすなんて、上は何を考えているのだか」

岡崎は鈴木を伴って後退した。

「連合艦隊の司令官を殺したところで、いったい何が変わるのか。かえってアメリカを喜ばせるだけではないか。まったく、お偉いさんの考えていることはわからんよ」

「同感です。七歳の甥っ子よりも、先のことを考えていないように思えますな。政治というのは、奇々怪々なようで」

「一生、かかわりたくないな。あんな馬鹿げたふるまいをするぐらいだったら、連合軍相手に銃剣をふるったほうがましだよ」

岡崎は七・二八事変の時、ラバウルにいて詳しい事情はよくわからなかったが、馬鹿なことをしたことぐらいはわかった。暗殺などなんの意味もない。

外地で戦っている自分たちは、艦隊に守ってもらって移動しているのに、その長官に手をかけてどうするつもりだったのか。

事件が起きて以来、岡崎は内地の将官に対して強い不信感を抱いていた。

「まあ、上官批判はこのあたりにしておくか。憲兵にひっくくられたら困る」

「それはご勘弁願いたいですな。中隊長殿がいなくなったら困ります。せっかく手なずけたのに」

「ねかせ」

岡崎は笑う。

第四中隊の下士官は信頼できる人物ばかりで、安心してものを言うことができる。鈴木も今回の件を他の者に話したりはしない。

そもそも、戦場で銃弾を浴びて戦死したら、すべてが終わりだった。

銃弾が飛びかう大地で、部下を疑うことになんの意味もない。

岡崎が部下の待つ岩陰に戻ると、見知った顔が駆けよってきた。連隊副官の弘田《ひろた》大尉だ。

「おう。岡崎、戻ったか。どうだ、様子は」

「陣地は堅固です。とにかく、あの重機をどうにかしませんと。無理に行けば結構な数の犠牲者が出ますよ」

「その件なんだが、海軍が支援してくれるそうだ。今から二時間後に艦砲射撃、その後、艦爆による空襲を実施する。時間までに後退して、巻きこまれないようにせよだと」

「大盤振る舞いですね。何かあったのですか」

「海軍としても飛行場がとれんと困るのだろう。バヌアレブ島の攻略もあるしな。いつまでも兵を貼りつけておくわけにはいかんようだ」

「向こうの都合ですか」

「そういうことだが、従わねばなるまい。文句を言える立場にはないからな」

七・二八事変以来、陸軍は海軍に大きな借りを作り、何かあっても文句を言うことができない状況に置かれている。

今回の作戦でも主導権は海軍が握り、上陸後の作戦行動ですら、陸軍の意見が通ることはほとんどなかった。

上層部のつまらぬ失敗で振りまわされるのは、馬鹿馬鹿しいかぎりだ。

「今は、兵をまとめて引きあげてくれ。海軍がやってくれるというのなら、それに乗るさ」

「確かに、犠牲が出ないのはいいですね」

妙な形であるが、陸海軍は協力してフィジー攻略にあたっている。現状、それで大きな問題は出ていないのだから、逆らう必要もない。

岡崎は鈴木に点呼を命じると、後退の打ち合わせに入った。

砲声が彼方から響く。

それは思いのほか重厚で、空気の震えはいつまでたっても消えなかった。

20
二月六日　ビチレブ島沖合二マイル

五藤存知は青葉の砲声がひときわ大きくなるのを感じながら、正面に広がる島から視線をそらさなかった。

間を置かずに土煙があがり、見張員が状況を報告する。着弾は正確で、確実に敵の陣地を叩いている。

「この調子なら、艦爆の攻撃はいらんな」

「そう思います。我々だけで十分ですよ」

応じたのは先任参謀の貴島だ。表情には余裕がある。

「ビチレブ島周辺の飛行場は叩きましたから、もう基地航空隊も出てきません。空襲の心配がなければ、じっくり砲撃できますから、撃ちもらすようなことはないでしょう」

「空母には、バヌアレブにまわってほしいな。先のこともあるのだから、こんなところで無駄な爆弾を使うよりは……」

そこで長官入るの声があがったので、五藤は振り向いた。鋼鉄の扉が開いて、見知った人物が姿を見せた。

フィジー攻略作戦の指揮官、近藤信竹中将だ。

五藤たちが敬礼すると、近藤はきれいに答礼して歩み寄ってきた。

「よくやってくれたな、五藤。おかげで助かった」

「長官こそ。敵戦艦一隻を仕留め、見事、ビチレブ島沖海戦を勝利に導きました。大戦果です」

「そう言ってくれるとうれしいよ」

近藤が差し伸べた手を五藤はしっかり握った。

「島への攻撃、はじまったようだな」

「はい。今のところは順調です」

陸軍の要請を受けて、第六戦隊はビチレブ島に接近、一四〇〇から支援の艦砲射撃をはじめた。

「これで南海支隊も動きやすくなるでしょう」

「できれば、大和を投入したかったのだがな」

近藤は五藤の横に並んで、ビチレブ島を見つめた。

「陸用砲弾が少なくて、今後のことを考えれば無理はできなかった」

「大和は、我が軍の柱です。ここぞという時に活躍してくれれば、それでいいかと」

「GF司令部は、こんなところで損害を受けてはと不安に思っていたようだな。もう少し大胆に考えてもよかろうに」

近藤の言葉には余裕があった。

マレー沖海戦につぐ勝利で、自信を深めているのが見てとれる。

「そういえば、機動部隊はどうしています。バヌアレブへ攻撃するのですか」

「その件で少し話したいことがある。予定が変わってな」

近藤は五藤を見た。

「GFは当初の予定より早く、サモア攻略作戦を実施すると通達してきた。米艦隊に打撃を与えたこの機会に、一気に勝負に出るつもりらしい。作戦開始は三週間後とのことだ」

「それは早いですな。計画では七〇日後でした」

「すでに機動部隊は準備に入っている。一度、ラバウルに戻って補給を受け、そのままサモアに向かう。

潜水艦部隊も近日中にサモアの北方に展開、フェニックス諸島やパルミラからの補給物資を叩く作戦をはじめるそうだ」

五藤は驚いた。まさか、そこまで話が進んでいるとは思わなかった。

「我々、主力部隊も早急に補給をおこない、サモアに向かう。フィジー攻略は、貴様の部隊にまかせることになる」

「サモア攻略となると、上陸部隊はどうするのですか。手持ちの兵では足りないでしょう」

「第二師団の主力がラバウルに到着している。バヌアレブ方面が苦戦した時、投入する予定だった部隊で、それをまわすようだ。

幸い連合軍はフィジーに部隊を集中しており、サモアの防備は手薄という情報もある。突破はできるはずだ」

「サモアはフィジーより六〇〇カイリも東です。補給の面も気になります。潜水艦が横合いから進出すると、厄介ですぞ」

「そのあたりは、うまくやるしかないな」

近藤は視線を島に戻した。

青葉の主砲が轟き、船体が大きく揺れる。

「敵が弱っている今のうちに、サモアまで押さえておきたいという気持ちはわかる。

保持するのは苦しいだろうが、そこまで敵を押し込んでおけば、当面、本土近海や内南洋は安全だ。事変の混乱が残っている以上、戦果をあげるだけあげて、連合軍を追い込んでおくのは正しい判断だろう」

「レーダーの件も気になります。あれが今後も前線に投入されるのであれば、我々は苦戦を強いられるでしょう」

五藤の表情は渋かった。

ソロモン海戦のみならず、ビチレブ島沖海戦でも米軍はレーダーを使用して、航空隊の接近を読み、正確に反撃してきた。

南太平洋艦隊は苦戦し、勝利を決めるまで予想より長い時間と大きな犠牲を必要とした。

「同感だな。レーダーに対する対策は早急に必要だろう。あれがすべての米艦艇に搭載されているとなれば、海戦の様相が変わってくる。夜戦での優位など一気に吹き飛ぶだろう」

夜戦となれば、煙幕のように途中で消えることはないのだから、視認できない彼方から一方的に砲撃を受けることになりかねない。それこそ反撃できないまま勝負が決してしまうこともありうる。

「早いうちに報告しておこう。対策を誤るとえらいことになる。幸い粛軍のおかげで、予算と資材には余裕があるようだ。そちらをまわせば、対策にはなるかもしれん」

「だといいのですが」

「気になるのはわかる。俺も先のことを考えると、喜んでばかりはいられん」

フィジー攻略には成功したものの、この先、米軍が本格的な反攻に出ればどうなるか。対応は困難を極めよう。

「レーダーのことは上層部の判断にまかせよう。今は目の前の敵を叩くことに集中だ。サモアをねらうのはむずかしいからな」

「GFが決めたのであれば、私たちが文句を言っても仕方ありません。長官のおっしゃるとおりです。今は全力を尽くしましょう」

「頼む。近いうちに細かい打ち合わせがあると思う。その時には、貴様にも来てもらうぞ」

「了解しました」

フィジーの制圧も終わらないうちに新しい作戦の準備とは、心の安まる間もない。

だが、着実に勝利を積み重ね、目標に向かう現状は悪くない。

今ならば、連合軍相手に痛撃を与え、戦争を終結に導くことができるかもしれない。

これまで不可能だと思われていた対米戦の勝利をつかむことができるのならば、五藤としてはどんなことでもしたい。

五藤が近藤に話しかけようとした時、青葉の艦橋に伝令が飛び込んできた。

その表情は、喜色に満ちていた。

21
一二月一九日　首相官邸

米内光政は総理大臣執務室に木戸幸一が入ってきたのを見て、思わず立ちあがった。

「内大臣、なにか」

そのふるまいを見て、木戸は手を振った。

「いえ、今日は状況の確認に来ました。所用があって、定例会議には参加できなくなりましたので。先に連絡できず、申しわけありません」

「かまいません。そういうことでしたら」

木戸が姿を見せると緊張するのは、やはり七・二八事変の影響なのか。

米内は、木戸に執務室のソファーに座るように勧め、自らはその前に腰を下ろした。

話を切り出したのは木戸だった。

「フィジー作戦は、どうなりましたか」

「ほぼ終了しました。おもだった島は制圧し、米軍はサモア方面に撤退しました。まだ一部で抵抗している部隊もいるようですが、フィリピンのように時間がかかることはないでしょう」

「それはなによりです。お上も喜びます」

一一月のソロモン海戦からはじまった南太平洋の海戦は、日本側の勝利で終わった。

連合軍は七・二八事変の隙をつく形で艦隊を動かしてきたが、うまくしのいで逆に反撃に転じ、これまでは不可能だと思われていたフィジー攻略をなし遂げた。

さすがにフィジー作戦に目処が立った時は、米内も大きく息を吐いたものだ。

「現在、南太平洋艦隊はサモア攻略の準備を進めています。一両日中にははじまるでしょう」

「サモアといえば、南太平洋の彼方です。大丈夫なのですか」

「ぎりぎりですな。幸い敵の防備は薄いようなので、なんとか押し切れるでしょう。ただ、長期にわたっての保持は困難でしょうが」

サモアは本土から三〇〇〇カイリ以上離れており、攻勢限界点をはるかに超えている。

補給も維持できず、米軍が反攻に転じれば、またたくまに落ちるだろう。

「その前に、外交で有利な流れを作りたいと考えています」

「まずは、豪州ですか」

「外務省はもう動いています」

「せめて中立に転じてくれれば。立場的に我が方に味方するのは困難だと思われますので」

フィジー、サモアの陥落で、米豪連絡線は完全に遮断されることになる。

仏領ポリネシアからニュージーランドを経由すれば連絡は可能だろうが、距離を考えれば現実的とは言えない。

豪州政府は動揺しているはずであり、ひと押しすれば日本との交渉に乗るかもしれない。

「軍事面で考えれば、陸軍で豪州北部をねらうべきなのでしょうが、敵対感情をあおる可能性もあり、うかつな侵攻は危険です。なんとか、外交交渉で片づけたいところです」

「陸軍は、豪州作戦に乗り気と聞いておりますが」

「報告は受けています。まったく、あれだけのことをやっておいて、よく言うものです」

米内は顔をしかめた。

陸軍の豪州進出計画は、七・二八事変での失点を埋め合わせるため、無理に編み出した策に過ぎない。

ここで大きな勝利をあげて、海軍との差を埋めたいと思っているようだが、政治的色合いが強い作戦に乗るわけにはいかない。

そもそも事変の前に、陸軍は豪州作戦は無理と断言していたのだから、提案した計画がいかにずさんかわかろう。

「都合がよすぎます。豪州の件は我々にまかせていただく。中立にもっていければ、それで十分だ」

米内はソファーの背もたれに身を預けた。

「それより、陸軍には大陸での打通作戦の準備を進めてほしいものです」

陸軍は国民党に打撃を与えるべく、大陸で大規模な作戦を準備していた。

一号作戦と言われており、そこには満州から引きあげてきた関東軍の一部も加わる。うまくいけば、大陸の情勢が大きく変わる可能性もある。

「蔣介石との交渉もできるかもしれない。近衛首相は、重慶政府は相手にしないと言ったが、私は違う。情勢次第では、いつでも交渉をおこなう」

「陸軍がごねるかもしれません。妥協しすぎていると」

「その時には、暗殺計画の詳細を暴露する。陸軍の大物がそれこそ山のように出てくるからな。組織が崩壊してもかまわないというのならば、やってみればいい」

戦争への影響を考えて、七・二八事変の詳細は発表していない。概要と関係者が処罰されたことだけを告げ、政策の変更についても内々で連絡するにとどまった。

簡単な発表だけでも国民の怒りを買ったのに、詳細が知られるところとなれば、どうなるか。

「本人は望んでいないが、山本は英雄だ。その命をねらえば、反動も大きくなる。当然のことだ」

「おっしゃるとおりで」

「こちらからは、これぐらいだ。そちらから何か聞きいておきたいことはないか」

「あります。お上から一件」

天皇の名が出た途端、米内は背筋を伸ばした。

「なんだ？」

「インド方面についてです。チャンドラ・ボースの件、やはり気になさっているようです」

「そちらも準備中だ。陸軍の打通作戦とあわせて部隊を動かすことになるだろう」

インドに関しては、独立をうながして味方につけることは考えていたものの、距離的な問題から連絡を取ることすら困難で放置がつづいていた。

そこに急遽、ドイツからインド独立運動家のスバス・チャンドラ・ボースが現われ、自由インド政府樹立のため、手を貸してほしいと申し出た。

ボースは、ドイツの支援でインド独立運動を活性化させるつもりだったが、冷淡なヒトラーに拒まれて交渉はまったく進展しなかった。

そこに、日本軍が東南アジアに進出したという情報が入り、急遽、アジアへの帰還を決めた。

Uボートに乗り、マダガスカルに到着したのが八月下旬、シンガポールに着いたのが九月というあわただしさだった。

ボースは、シンガポールのインド独立連盟を支配下にいれ、一九四二年一〇月一日、インド自由政府の樹立を宣言した。

米内は東京でボースと会談し、自由インド政府を支持することを約束した。

その後、捕虜となっていたインド兵を中心にインド独立軍が編成され、陸海軍の支援を得て、南アジア方面に進出することが決まった。


「訓練が終われば、彼らを前面に押し立てることになるだろう。第二五軍が支援してビルマからインドに出る」

米内は、大きく息を吐いてから先をつづけた。

「ただインド作戦には、時間も手間もかかる。今の戦力では、解放までつなげるのはむずかしいだろう。できるなら、もっと多くの独立運動家が仲間に加わってほしい」

「ガンジーのような人物ですか。しかし、彼は我が国を嫌っています」

「それは、陸軍の影響下にあった日本だろう。今は違うし、ガンジーを味方にすることによって、それを明らかにしたい」

ガンジーは、日本がアジアの解放ではなく、支配を願っていることを早くから見抜いていた。

今年の七月には、中国侵略や三国同盟を鋭く批判し、日本に味方しない旨を表明している。

「米英との戦争は避けたかったが、今となってはどうにもならん。大事なのは、どうやって終わらせるかということだ。

今のところは勝利しているが、いずれ連合軍は反撃に出る。それを防ぐのは困難だろう」

「その前に、手を打ちたいところです」

「そうだ。真の意味での大東亜共栄圏を確立し、アジア各国の独立を支援する。それはインドやマレーだけでなく、仏印、蘭印もそうだ。

たとえ我が国が不利益をこうむろうとも独立派を支援し、彼らが自ら国家を打ちたてることができるように仕向けなければならない」

「困難な道のりです。本当にできるかどうか」

「やるしかあるまい。それに失敗したら、日本は滅びるぞ」

連合軍、とりわけ米軍の熾烈な反撃を受ければ、南太平洋の占領地などたちどころに失う。

内南洋に敵が迫る前に、ある程度の地盤を築いておいてこそ、はじめて戦争を終わらせるきっかけが見えてくる。

幸い七・二八事変で陸軍の影響力は低下しており、政策の幅は大きく広がった。今なら、陸海軍の垣根を越えた統一的な国家戦略を練りあげることができるだろう。

「きわどいところだ。果たして間に合うか」

米内は以前、同じ内容の言葉を発したことを思い出した。

それが七・二八事変の時であることに気づいた時、彼はまだ日本を襲う危機が過ぎ去っていないことを思い知った。

先ははるかに長かった。


（次巻につづく）

◎連合艦隊編成

□南太平洋艦隊

■主力部隊
第一戦隊　戦艦 大和／長門／陸奥
第四戦隊　重巡 愛宕／摩耶／高雄
第五戦隊　重巡 妙高／羽黒
第九戦隊　軽巡 北上／大井

第二水雷戦隊　軽巡 神通
　第一五駆逐隊　黒潮／親潮／早潮
　第一八駆逐隊　霞／霰／陽炎／不知火
　第二四駆逐隊　海風／山風／江風／涼風

第四水雷戦隊　軽巡 由良
　第二駆逐隊　村雨／夕立／春雨／五月雨
　第九駆逐隊　夏雲／朝雲／峯雲
　第二七駆逐隊　有明／夕暮／白露／時雨

第一一航空戦隊　千歳／神川丸

■攻略部隊
第六戦隊　重巡 青葉／衣笠／古鷹／加古
第三水雷戦隊　軽巡 川内
　第一一駆逐隊　吹雪／白雪／初雪／叢雲
　第一九駆逐隊　磯波／浦波／敷波／綾波
　第二〇駆逐隊　天霧／朝霧／夕霧／白雲

フィジー諸島占領隊
　輸送船 18 隻　清澄丸／ぶらじる丸／あるぜんちな丸／北陸丸／吾妻丸／霧島丸／第二東亜丸／鹿野丸／明陽丸／山福丸／南海丸／善洋丸

■機動部隊

第一航空戦隊　空母 赤城／蒼龍
第二航空戦隊　空母 翔鶴／瑞鶴
第三航空戦隊　空母 瑞鳳／龍鳳
第四航空戦隊　空母 龍驤／飛鷹／隼鷹

第七戦隊　重巡 熊野／鈴谷／最上／三隈
第八戦隊　重巡 利根／筑摩
第一一戦隊　戦艦 比叡／霧島

第一〇戦隊　軽巡 長良
　第四駆逐隊　嵐／萩風／野分／舞風
　第一〇駆逐隊　秋雲／夕雲／巻雲／風雲
　第一六駆逐隊　初風／雪風／天津風／時津風
　第一七駆逐隊　浦風／磯風／谷風／浜風

◎アメリカ艦隊編成

■第21任務部隊

戦艦 ノースカロライナ／ワシントン／メリーランド
重巡 ポートランド／シカゴ
　　 ノーザンプトン／ペンサコラ
軽巡 サンディエゴ／ジュノー
　　 オーストラリア（豪）／キャンベラ（豪）

駆逐艦 ポーター／マハン
　　　 カッシング／パターソン／スミス／マレー／
　　　 カニング／ハム／ショー
　　　 モーリス／アンダーソン／ヒューズ／マスティン／
　　　 ラッセル／バートン

■第22任務部隊

空母 サラトガ／ワスプ
重巡 サンフランシスコ／ソルトレイクシティ
軽巡 アトランタ、サン・ファン　ホバート（豪）

駆逐艦 フェルプス／ ファラガット／ウォーデン／デール／
　　　 マクドノー
　　　 バルチ／モーリー／ベンハム／エリオット
　　　 グレイソン／モンセン
　　　 ファーレンホルト／アーロンワード／ブキャナン
　　　 ラング／スタック／ステレット
　　　 セルフリッジ

RYU NOVELS

大東亜大戦記

帝国勝利への道

2016年9月22日　初版発行

著　者　羅《ら》門《もん》祐《ゆう》人《と》　中岡潤一郎《なかおかじゅんいちろう》

発行人　佐藤有美

編集人　安達智晃

発行所　株式会社　経済界

〒107-0052

東京都港区赤坂 1-9-13　三会堂ビル

出版局　出版編集部☎03(6441)3743

出版営業部☎03(6441)3744

振替　00130-8-160266

ISBN978-4-7667-3238-2

印刷・製本／日経印刷株式会社

RYU NOVELS

大和型零号艦の進撃 1 2	吉田親司
鈍色の艨艟 1〜3	遙 士伸
菊水の艦隊 1〜4	羅門祐人
新生八八機動部隊 1 2	林 譲治
大日本帝国最終決戦 1〜6	高貫布士
日布艦隊健在なり 1〜4	羅門祐人 中岡潤一郎
絶対国防圏攻防戦 1〜3	林 譲治
蒼空の覇者 1〜3	遙 士伸
帝国海軍激戦譜 1〜3	和泉祐司
合衆国本土血戦 1 2	吉田親司
皇国の覇戦 1〜4	林 譲治
異史・第三次世界大戦 1〜5	羅門祐人 中岡潤一郎
零の栄華 1〜3	遙 士伸
列島大戦 1〜11	羅門祐人
蒼海の帝国海軍 1〜3	林 譲治
亜細亜の曙光 1〜3	和泉祐司
大日本帝国欧州激戦 1〜5	高貫布士
烈火戦線 1〜3	林 譲治
激浪の覇戦 1 2	和泉祐司
帝国亜細亜大戦 1 2	高貫布士 高嶋規之